U0535512

〔奥〕斯·茨威格 著
张意 译

Clarissa

拉丽莎

人民文学出版社

Stefan Zweig
Clarissa

图书在版编目(CIP)数据

克拉丽莎/(奥)斯·茨威格著;张意译.—北京:人民文学出版社,2022
ISBN 978-7-02-016406-6

Ⅰ.①克… Ⅱ.①斯…②张… Ⅲ.①长篇小说—奥地利—现代 Ⅳ.①I521.45

中国版本图书馆 CIP 数据核字(2022)第 035356 号

责任编辑	欧阳韬
装帧设计	刘　远
责任印制	宋佳月

出版发行	人民文学出版社
社　　址	北京市朝内大街166号
邮政编码	100705
印　　刷	三河市鑫金马印装有限公司
经　　销	全国新华书店等
字　　数	139千字
开　　本	880毫米×1230毫米　1/32
印　　张	6　插页3
印　　数	1—3000
版　　次	2022年4月北京第1版
印　　次	2022年4月第1次印刷
书　　号	978-7-02-016406-6
定　　价	49.90元

如有印装质量问题,请与本社图书销售中心调换。电话:010-65233595

译　者　序

　　一九四一年十一月茨威格开始《克拉丽莎》(*Clarissa*)的写作，此时他已流亡到巴西。他在一九四一年十月二十七日写给前妻弗里德里克的信里就提到过此事，他说他想写一本有关奥地利的长篇小说，但是为此要查询十年的报纸，这只能在纽约做得到，而他一时半会儿不会去那里。一九四一年十一月二十日他在给前妻的信中再次提到"我有其他的计划，甚至想写一本长篇小说"。茨威格最后一次提到这部小说是在一九四二年一月三十日给贝尔托尔德·菲尔特尔(Berthold Viertel)的信中，"我在从事一些写作，也开始写一部长篇小说，但是搁置了。"在小说草稿本的第一页上他写道："只是起草了第一部分，也就是这个悲剧故事的开头，然后小说的写作因写蒙田的文章而中断，生活中各种事件的干扰也使我身不由己。"

　　茨威格最终未完成《克拉丽莎》，留下的只是草稿，这些草稿后在其遗稿中被发现，里面很多内容只是简单的笔记，还有很多不完整的句子。茨威格研究专家克努特·贝克(Knut Beck，又译克鲁特·贝克)根据茨威格的写作风格对这些草稿笔记进行了合理的拼接和补充，并根据女主人公的名字克拉丽莎为这部作品冠名。

该书一九九〇年由德国S.费歇尔出版社出版。

《克拉丽莎》里的女主人公的男友是法国人，战争爆发后杳无音讯，克拉丽莎不敢和任何人提及他，甚至在自己的父亲那里也不敢，只因为他是敌对国的人，也就是敌人，而怀上敌人的孩子又是何其大的罪过！茨威格也曾有过一位法国女友名叫玛尔赛乐（Marcelle），她曾怀过他的孩子但最终流产。早在一九一四年八月十日的日记中茨威格就提到要写他和玛尔赛乐的故事，而写作《克拉丽莎》时茨威格不可能不想起这位昔日的情人。同样也是战争让相恋的人不能见面，让至亲好友不能交往，这个第一次世界大战留给茨威格最大的痛最终又出现在《克拉丽莎》中。而没有子女的事实也的确是茨威格的一个巨大心病。茨威格在一九四一年十二月三十一日给妻子绿蒂的哥哥曼弗雷德和嫂子哈娜的信中这样写道："对我来讲始终存在的问题还是，战争结束后我是否还有足够的力量和悟性来享受生活。你们有你们的女儿，你们一定可以的，一想到这，我就为你们由衷的高兴。"从这段书信内容我们可以看到，茨威格自己处在悲观绝望的情绪之中，但他坚信曼弗雷德他们会拥有美好的未来，主要因为他们有一个女儿，可见在茨威格眼里孩子是继续生命的重要因素。在茨威格一九四一年十月底或十一月初写给曼弗雷德和哈娜的信中还有这样一句话："这个新世界是属于你们的女儿的，我希望她将会看见并享受更好的时光。"由此可以看出茨威格对年轻一代人的未来是寄予无限期望的。在一九四二年一月三十日写给贝尔托尔德·菲尔特尔的信里茨威格无比遗憾地写道："到了一定的年龄你得为了没有孩子而付出代价,我的书是我其他的孩子,但他们现在又在哪里呢?"

出于对家乡深深的思念和对自己以往生活无限的怀念,茨威格在一九四〇年完成了自传《昨日世界》的写作,之后创作了《巴西——未来的国度》(*Brasilien*:*Ein Land der Zukunft*),这两个题目给我们强烈的对比,但是这个未来对茨威格可惜是虚无的,已经没有任何实际意义,也无法拯救他。追忆完一去不返的辉煌的昨日世界之后,他再也无法体会到任何继续生活下去的意义。在这个时候写作《克拉丽莎》也是追忆一个过往的世界,但这个世界展示的是第一次世界大战的丑陋和战后的混乱,这其实是一段不堪回首的回忆,恰恰是一战的严重后果催生了纳粹在德国的迅猛发展和最终希特勒的上台,从此茨威格熟悉的昨日世界开始走向毁灭。

小说中的莱奥纳尔的社会和政治主张以及他对小人物的理解让读者很容易想起茨威格的法国好友罗曼·罗兰,就是他一直坚信人与人之间的信任是治愈社会各种疾病的良药。在一九四一年五月驻美欧洲笔会的成立大会上茨威格曾在致辞中这样说:"只有我们在这个时刻对自己同时也对彼此保持信任,我们才尽到了我们的责任。"

就在一九四一年的最后一天茨威格还在给亲戚的信中写道:"现在强加在我们身上的是这样一种可悲、可怜和毫无尊严的个人生活,就像被钉在一个地方的钉子,脱离了生命的伟大洪流,但是我们活着,希望着,期待着……。"仅仅两个多月后的一个夜里,茨威格和绿蒂却匆匆告别了这个世界!他们选择死亡是因为他们突然停止了希望,停止了期待。茨威格再也没有可能给读者描绘克拉丽莎从一九二一年到一九三〇年整整十年的人生经历,估计那绝对是艰难和痛苦的,但是作为一个坚强的女人,为了自己的儿子,相信她一定会顽强地生活下去的,当然是以自己的方式,走一个独立的、现代女性该走的路,不依赖他人,全凭自己的双手。

尽管进入二十世纪之后女性的就业和受教育情况得到了改善,但是整体来讲,在社会上男性依然居于主导地位,女性处于从属地位。茨威格能够在《克拉丽莎》和同样在其生后才发表的长篇小说《幻梦迷离》这两部作品中都将女主人公描写为最终把命运掌握在自我手中的强者,不再甘于成为牺牲者,不再是一副可怜的模样,这点实在难能可贵,也反映了作者笔下女性形象的改变和提升。

在《克拉丽莎》中,茨威格将自己的个人经历和虚构人物的生活结合在一起,展示了战争带来的灾难、战后的社会动荡和百姓的艰难生活,体现了作家强烈的反战情绪,彰显了作家深刻的社会批判意识。

二〇一九年人民文学出版社将《克拉丽莎》与《幻梦迷离》收入《茨威格小说全集》第四卷,《克拉丽莎》得以首次与中国读者见面。为纪念茨威格逝世八十周年,人民文学出版社今年首次发行《克拉丽莎》译文的单行本。

张　意
二〇二二年一月五日于蓝旗营

目　次

一九〇二年至一九一二年 …………………………… 3
一九一二年夏天 …………………………………… 26
一九一二年至一九一四年 ………………………… 37
一九一四年六月 …………………………………… 57
一九一四年七月 …………………………………… 83
一九一四年九月、十月、十一月 ………………… 96
一九一四年十一月、十二月 ……………………… 121
一九一四年十二月 ………………………………… 140
一九一五年至一九一八年 ………………………… 162
一九一九年 ………………………………………… 177
一九一九年至一九二一年 ………………………… 184
一九二一年至一九三〇年 ………………………… 186

克拉丽莎

(遗作)

张意 译

一九〇二年至一九一二年

克拉丽莎在日后的岁月里努力回忆她的一生，很难把她的一生连缀起来。就像大片的地面被黄沙覆盖，轮廓模糊不清，时间从上面掠过，像云彩一样飘浮不定，没有固定的形状，没有明确的尺寸。好些年是怎么度过的，她完全说不清楚，而有几个星期，甚至于几天，几小时却宛如昨天发生的事情，还触动她的感情和她内在的目光。有时候她觉得，只有很小一部分时光，她是头脑清醒感觉清楚地度过的。另外一部分时光却是在身体疲惫，或者茫然尽职之时朦朦胧胧地打发过去的。

和大多数人不同，克拉丽莎对自己的童年时代知道得最少。由于特殊情况，她从来没有一个真正的家，没有一个熟悉的环境。她出生在加利西亚一座驻扎军队的小城。她的父亲，当年还只是参谋总部的一名上尉，被分配到这座小城。由于一系列客观情况不幸地交织在一起，使她的母亲不治身亡：团里的军医得了流感卧病在床，打电报召请邻近城市的医生前来诊治，医生却因大雪封路，来得太晚，未能治愈此时已转成肺炎的疾病。克拉丽莎在卫戍地受了洗礼，就和那个比她大两岁的哥哥一起，立即被带到她祖母处收养。祖母自己也病病歪歪，要她照顾人，还不如让别人照顾她更好呢。祖母去世后,克拉丽莎就被托付给了她父亲的一个同父异母的姐姐,而她的哥哥则被她父亲的一个同父异母的妹妹收养。他们居住的房子在变,那些伺候他们的用人的脸和模样也随之改变,时而是德国人,时而是波希米亚人、波兰人;从来没有时间让他们习惯环境,结交朋友,熟悉一切,适应一切;初来乍到,人地生疏,一时的胆怯还没有克服,可是她父亲就在一九〇二年,她八岁那年,奉命调到彼得堡去当武官;为了让这两个孩子生活更加稳定,家庭会议做出决定,把儿子送进军官学校,把克拉丽莎送进一座坐落在维也纳近郊的修道院学校去寄宿。克拉丽莎很少见到她的父亲,父亲的印象只有很少残存在她的记忆里,对于那些时日,她回忆起来,与其说是记得父亲的脸和他的声音,不如说是他那光彩夺目的蓝色军装,上面挂着叮当作响的圆形勋章。她很喜欢把玩这些勋章,可是她父亲严厉地把她小孩子的小手——她哥哥也受到这样的待遇——从这些象征荣誉的标记上挪开,为了对她进行教育。关于她的哥哥,她只记得她哥哥敞领的海员衫和他那平顺垂滑下来的金色长发,克拉丽莎为此还有点妒忌她哥哥呢。

　　克拉丽莎在修道院学校度过了她后来的十年光阴,从八岁一直待到她快满十八岁。同样,这么长的时间,只留下这么少的回忆,这在一定程度上要怪她父亲的一种性格特点。莱奥波特·弗朗茨·巴萨维尔·舒迈斯特在这段时间,稳步从上尉擢升为参谋总部中校这样的高级军衔,在比较高级的军人圈子里算是学识最渊博的战略家和理论家之一。人们对他的勤奋好学、忠实可靠和远见卓识都表示出真诚的敬意,但是在这敬意之中也稍稍夹杂着一点嘲讽的意味;司令官在和比较亲近的军官谈话时,总是微微含笑地称舒迈斯特为"咱们的统计学家",因为舒迈斯特干起活来坚忍不拔,吃苦耐劳,外表极为严厉,其实相当胆怯,并不灵活。他认为建立一个系统化的信息中心乃是作战胜利的先决条件,他是慢慢地得出这个结论的。因为他在军事方面对全凭灵感、随机应变的行为一向持怀疑态度。他热心地收集外国军队能够正式公布的一切想象得到的数据,作为剪报加以整理,不断补充,分门别类存进卷宗,谁也不得看上一眼。他的这种热忱使他得到邻国,德国参谋总部真诚的赞赏。就这样坐拥大量资料,他就变成了一个权威。这个权威在国外备受重视(事情总是这样)。不仅受人重视,甚至还为人惧怕,他的这座保存外国纸面上的军队和活生生的军队情况摘要的实验室,包括三四个房间;他经常不断地向奥地利驻各国公使馆的武官们发出调查表格,要求他们报告最最细枝末节的问题,供他充实他的军事标本夹。武官们为此对他百般诅咒。他起先是出于责任感和信念开始着手收集这些资料,渐渐地收集越来越多的细节并且把书面的和表格的汇总系统化,他对系统化的"酷爱"成为一种激情,甚至变成一种癖好。这种癖好填满了他因为早年丧妻形成的残缺不全、空洞荒芜的生活,使之获得新的内容。这是一种艺术家所熟悉的对于整洁和对称的小小的快乐,因为游戏的兴致是诱人的。他喜欢红色和绿色的墨水,削尖的铅笔。这具有古玩店的魅力。这一切他的儿子全然没有看见,这是父亲秘密的痛苦所在。只有他自己知道这种技术性的快乐,写些纸条,进行比较。先前他下班后,待在家里,穿上家居长袍,脱掉僵硬的领子,动作更加柔和,怀着感激的心情谛听他已故的妻子弹奏钢琴,让他有些僵硬的灵魂在乐声中松动一下;他们夫妻两人一起上剧院看戏,或者出去进行社交活动,这都使他散散心,放松一下。妻子去世以后,他不善于社交,夜晚一片空荡,毫无消遣,他便想方设法找事情做以此塞满空虚,用钢笔、剪刀、尺子在家里也设立一个个卡片,加以提炼,用来写成他公开发表的《军事战略表格》。在这本著作里自然不包括有关祖国利益的秘密材料。这样一来,通常在办公的时候就可以了解情况,无须从隔壁房里取来。对于别人而言,最枯燥无味的东西,什么号码啦,数字啦,数量啦,差额啦,他都可以从中取得一种神秘的,对别人而言无法理解的认识,与其说他是军人,不如说他是个数学家;他越来越自豪地意识到,他在自己的小房间里用几万个这样个别的观察,为军队和帝国设立了一个武库,这是奥地利的宝库啊。事实上,在一九一四年,他对可以动员的师团做出的预计要比康拉德·封·霍岑多尔夫①的乐观估计正确得多。他越来越用书面文字取代口说的话语,越来越把他整理出来的材料替代客观世界。别人觉得他越来越严峻,城府越来越深,尽管他归根结底只是越来越孤独而已。他生活得越孤独,他就越习惯于用书面的记录来代替对话。每一种练习,只要不知疲倦地持续下去,持之以恒,就会出人意表地成为习惯,而习惯又会锻炼成约束和束缚:不再具有能力,只会系统化地从事某一件事情。

于是这个奇怪的士兵,要想认识某一事物或某一事件,只知道一条道路,那就是通过表格,即使通向他两个孩子的心灵,这个怯

---

① 弗朗茨·康拉德·封·霍岑多尔夫伯爵(1852—1925),奥地利将军,第一次世界大战爆发时为奥匈帝国全军参谋总长。

于表达柔情,又不善言辞的父亲也没有别的方法,只好要求他们经常向他书面报告自己生活和教育的进程,把这当作他们必要的责任。他刚从彼得堡回来,重新进入国防部之后第一次去看望女儿时,就给这个十一岁的女孩带去一摞裁剪得一模一样的纸张,其中最上面的一张作为样式,他亲自清清楚楚地画好了线条,从此克拉丽莎得每天填写一张这样的画了表格的纸张,写明她每节课学了些什么东西、读了些什么书籍、练了哪些钢琴曲。每个星期天,她得把七张这样的纸,连同一封附信寄给父亲,这样她的父亲就认为他是以他的方式大大促进他的女儿成长,对女儿大有裨益,他就这样迫使女儿在童年时期就早早地培养自己的责任感和顽强的好胜心。事实上,这种报告的机械活动,每天记下自己的学习和生活,使得克拉丽莎失去了这些年生活的概貌,因为这些印象非但收集不起来,无法形成整体,反而由于过早地向父亲报告,全都支离破碎,四下分散。克拉丽莎刚刚成熟,就自己决定不要立即终止这个怪癖,尽管她自己也感到,纯粹从空间来看,这种书面汇报是多么错误,这剥夺了她对许多事情的乐趣。她就像朵小花,过早被摘下揉碎。她日后思忖,都不由自主地感到,父亲指示她一天天均衡地读什么,纯粹从空间而言,每天同样的分量,这就在学生时代剥夺掉她每一种对书籍和绘画的本能的欣喜。她后来自己认识到,欢欣鼓舞地阅读一小时,往往比一个月、一整年更能开启心智。修道院学校原本已经相当刻板而又单调,父亲的要求使得学校的生活更加难受。可是父亲过世之后,她在父亲书桌的抽屉里发现,她当年写下的那些关于自己度过的日日月月的纸张,都整整齐齐地放在那里,心里涌起无以言状的深切感动。父亲把她寄来的报告按照它们原来的样子,一摞摞捆扎起来,整理得井井有条。父亲做事就是这样,绝不马虎,克拉丽莎可从来也不知道。父亲对她非常满意,有些字句,父亲用红墨水在下面画了一道。有一次,克拉丽莎有句古老的诗句写不出来,父亲感到羞耻,简直难过极了。因为他很骄傲,于是他就拿起一把尺子,用尺子画去一个死去的快乐,画去一个死人。每个月他都把这些报告包扎成一包,一个学期就把好几包这样的报告都放进一个特别的纸箱里,里面还存放着她的成绩单,和院长嬷嬷关于她学习的进步和品行所写的一份报告。这个孤寂的男人晚上就以他自己的方式,试图也经历一番女儿的生活。从院长嬷嬷写的那些回信,克拉丽莎可以看出,父亲怀着多少快乐——他自己从来不敢流露——以他拙劣的方式试图追随她的成长,为此他找不到别的工具,只找到一种工具,他自己使用的工具。克拉丽莎试着打开几页纸,这些纸什么也没告诉她,它们只是干巴巴地沙沙作响,而过去这可是活生生的生活,是对一些她早已遗忘的事情所做的功课。她试图回忆起事情究竟如何,对于这些早已不知去向的日子,她能够回忆的事情实在太少。

☆　　☆　　☆

克拉丽莎能够想起来的,其实只有一些星期天。周一到周五,日子过得平平淡淡,没有任何事情发生,一切全都按照安排周密的课程表进行;不分冬夏,在同一个时间,在同样的床上起来,在同样的时间洗漱,穿上几十年不变的校服;一切都是规定好的,教堂里的座位,餐桌旁的座位,盘子和餐巾都是固定的。一天天像齿轮旋转,按照有规则的节奏,从早上望弥撒到晚上做祷告,一环紧扣一环,在同样的一些房间里旋转。这日程只被同样有规律的散步打断,两人一排,形成长长的一队,由修女前导,她头戴白色浆洗过的帽子;这是唯一的一次在修道院的墙垣之外,张望一下外面的世界。修道院的大门打开,每次都唤醒大家秘密的渴望,想多看看这些街道、店铺和房屋;这座城市,"另一个世界",她不认识的世界,对她而言,只是缝隙和裂口。这里的空气因为有另外许多人呼吸,也是另外一种味道;但是校规严厉,大家得低垂着眼睑走路,不许对陌生的事物感到好奇;在学生当中引起的聊天热烈得多,因为环境让她们预感到生活发生变化,不同于她们自己单调的生活。星期天,仅仅只有这一天,大门向这个陌生世界敞开,从那里传来一丝匆匆掠过的亮光。在这一天,会客室打开,父母亲和亲戚们前来探望他们的孩子或者被保护人。每人都带来一些东西,小小的礼物,或者至少是一场愉快的闲聊,一些消息和激励,以及这些尚未长成的女孩子们所需要的东西:对她们个人的关注和柔情。于是每个女孩都有两三个小时觉得自己高出于这一群灰蒙蒙的伙伴,充满了新鲜的印象,精神得到滋养。星期天的晚上,学校的大门又紧紧关上。女孩子们聊天更加热烈,有的是话题。灰色校服下面的小小的自我变得活力充沛。

对于克拉丽莎而言,每四个这样的星期天中,有一个星期天是她一方面感到骄傲,另一方面又感到不安的一天。因为她父亲总是认真仔细,有条不紊地严格隔开一段时间前来探望女儿。在这十年里她记得清清楚楚,她父亲只有两次提前来看她,一次是因为克拉丽莎罹患严重的咽喉炎,卧病在床。另一次是在父亲出差之前,他奉秘密使命不得不前往君士坦丁堡。早在父亲到来之前的最后几天,克拉丽莎就开始不安起来,她忙着悄悄地做些准备,为了让父亲高兴,为了通过父亲的检查。因为父亲经过严格军事训练的眼睛,一看就会发现她服装上面最细小的不干净不整齐的地方,向她提出责备。所以克拉丽莎事先对每个细节都认真检查一遍,所以她的星期天穿的衣服必须每个纹路都显突出来,她注意把每个皱褶都熨得平平整整,不沾上一点污渍。同样,作业本和书本也都摆得整整齐齐,供父亲必然要进行的审查。因为舒迈斯特中校非常喜欢考考他的女儿,从中满足自己小小的虚荣心。他法文和英文的语法知识无懈可击,就是语音暴露出他是按照书本学习的特点。期待见面,心情忐忑之后,便开始了使她不复拘谨的时刻,使她感到骄傲的时刻。霍赫菲尔特伯爵的女儿也就读于这所寄宿学校,在星期天出现的父母亲当中,他很少缺席。有几位阔气的母亲穿着华丽的服饰走进接待室来,这些穿着盛装的太太们带来一阵浓烈的香味,有时甚至在第二天,还有一股高雅香水的芬芳弥漫着这个发霉冰冷的房间。可是这位中校依然是"父亲们"当中最相貌堂堂引人注目的父亲。当舒迈斯特中校乘坐的双驾马车驶到楼下,父亲以他惯有的勃勃生气从车上一跃而下,刺马针发出轻微的声响。克拉丽莎感觉到其他的女孩子们对她艳羡不已,其他人不由自主地为她父亲让路,退到两边,形成一条小巷。中校便挺直了腰板,步态稳健地穿过人巷,走过两边的人群,毫不拘谨。他在大街上和军营里已习惯于人们对他表示敬意,认为这是不言而喻的事情。他身穿一套剪裁适宜的深蓝色制服,和身边那些乡下地主的漆黑大衣,星期天的礼服一比,犹如云层密布的天气里有一片蓝色的晴空在闪闪发光。他像狂风似的走近,这片光也并不削弱。因为这个身材魁梧长身玉立的男子身上,一切都干干净净,保养良好,从发出金属光芒的黑色漆皮皮鞋直到梳理得轮廓分明、微微抹油的头发都光鲜锃亮。每一粒金属纽扣都变成一面圆形小镜子,军装上衣衬托出这个身材高挑、肌肉发达的身体轮廓分明,两撇向上笔直翘起的八字胡和修得干干净净的面颊,都漂浮着一阵淡淡的科隆香水的芳香:这是一个打扮一新的"父亲",每个当儿女的人都骄傲地梦想得到这样一个父亲,一个就像是从读本里剪出来的父亲,一种人世间的皇帝或者王子。身上的佩刀轻轻作响,他步履坚定地走到院长嬷嬷面前,充满敬意但极有分寸地鞠上一躬。院长嬷嬷看到这个高贵的客人,也一反她平素柔和的举止,挺直了身子。中校又彬彬有礼地,让人不易察觉地微微鞠躬,向每一个修女问好。修女们面对这个闪闪发光的男子,每次都同样地不得不克服心里的某种窘困,然后中校才转身冲着自己的女儿,在她兴奋得发红的额头上轻轻地温柔地亲吻一下——女儿每次都感觉到那股淡淡的科隆香水的气味。

父亲就这样走进接待室,每次都同样令人印象深刻,虽然每次全都一样,对于克拉丽莎而言,这是生活中最美妙的时刻,从来也不使她感到失望。然而她一旦和父亲单独待在一起,两人之间立刻开始出现某种尴尬的局面。这位身材高挑浑身闪亮的男人只习惯于和他人有公务上的交往,只会提出一些业务上的问题,做些业务上的回答,从来不善于和一个怯生生的害臊怕羞的女孩进行一次亲切的私密谈话。他先很拘谨地提几个最普通的问题,诸如:"你还好吗?"或者"你有没有收到埃杜阿尔特的信?"克拉丽莎十分拘束,只能简短地回答。接下来谈话不可避免地转化为一场考试。克拉丽莎只好把作业本拿给父亲看,用法文或者英文向父亲报告自己学业的进步;这个男子一筹莫展,窘态感人,违背自己的心意延长这没完没了的提问,暗自害怕这点业务性的材料只要一用完,他就束手无措,对自己的女儿无话可说。克拉丽莎低头冲着自己作业本,为了把一道题目指给父亲看,这时她清楚地感觉到,父亲的目光柔和地、动情地停留在她的头发上或者脖子上。这时她也许真有一个秘密的愿望,希望父亲会下定一次决心,就仅仅一次下定决心——能用他放在桌子上的手,抚摸一下女儿的头发;克拉丽莎故意把翻弄作业本的时间拖长一些,心里产生舒适地搏动的感觉,觉得自己为人所爱。可是等她抬起头来,父亲立即使劲看着课文,羞于直视女儿的眼睛。父亲觉得自己难以应付和女儿独处,所以等到这可怜见的断断续续的测验一结束,为了打发余下的时间,他每次都立即找到最后一个借口,逃避和女儿单独相处:"你是不是还想给我演奏一下你新学的曲子?"于是克拉丽莎便坐到钢琴前面弹奏起来。她有一种背后被人拥抱的感觉。平时她演奏完毕,总是空落落地独自一人坐在那里。这次父亲走过来,说了一些亲切的话语:"这个曲子似乎很难,可是你弹得十分出色,我对你非常满意。"接着就是离别时刻,克拉丽莎的额上又得到同样轻轻掠过的父亲一吻。等到约好的出租马车按时驰来,克拉丽莎感觉到一种奇怪的压抑的心情,一种说不清楚的遗憾,就仿佛她自己或者她父亲忘了说什么,他们的谈话恰好在她真的想要说点什么的时候中断。刚刚离去的父亲也同样感到一种难以掩饰的对自己不满的心情,他也一次又一次地努力想要找点问题,在业务之外,能打动女儿,让他知道女儿的愿望和爱好。可是即使面对这个日益长大成人的女儿,父亲在关键时刻站在女儿面前,感觉到女儿的目光,父亲束手无措的样子有增无减——他完全没有能力和女儿敞开心扉地谈心。

因此,当埃杜阿尔特,那个比克拉丽莎大两岁的哥哥,星期天待在会客室里的时候,就和父亲来访形成了一个巨大的对比。这个哥哥十五岁之前,完全服从父亲的命令,他十分不情愿地走出他的军官学校,走近维也纳新城,满是一副年轻小伙子经常在女孩子面前表现出来的神气活现的样子;他神情倨傲,对其他小姑娘正眼也不瞧上一眼,就和自家小妹妹开点玩笑,然后又急急忙忙地告辞而去,尽可能少浪费一点他宝贵的周日下午的时间。可是等他红润、鲜嫩的唇上刚刚开始长出第一茬小胡子的绒毛时,他才意识到,自己在军官学校没有受到多少娇纵,可是在这女生寄宿学校里,他这个人才显得弥足珍贵。还在大街上他就看到窗口上挤着的嬉笑的少女脑袋在窃窃私语。她们咯咯地笑个不停,倏尔又放纵地叽叽喳喳地消失。等他走进接待室,他发现他的士官生的制服吸引了大批好奇的目光。他一下子意识到自己角色的重要性,便用尽心机把这角色扮演到炉火纯青的地步。他一来就热烈拥抱亲吻他的妹妹,故意动作充满柔情,声音很响,激起一阵小小的调皮的咯咯嬉笑的声音,像一阵硬压下去的轻声咳嗽,他作为姑娘们当中唯一的男性,受到她们的仔细打量,使他少年的虚荣心大大得到满足,而他也用眼睛欣然打量这些姑娘们。这些幽囚在修道院学校的姑娘们似乎都多多少少钟情于他,这点他也丝毫不向妹妹隐瞒,他喜欢妹妹,一向把她视为志同道合的伙伴。他善于表现出骑士风度,过于富于骑士精神,不会超越界限。他很会引人注目,给人留下深刻印象。克拉丽莎极为享受哥哥来访的时刻。哥哥让她向每个女孩介绍自己,他自己说话非常巧妙,仿佛他对她们中的每个人都极为了解,"啊,您就是蒂尔德小姐,我妹妹常向我谈起您。"说话时用他那双深沉温柔的褐色眼睛——这双眼睛是他从斯拉夫血统的母亲那里遗传的——含着笑意,表情特别地望着那个女孩儿,仿佛克拉丽莎把她和女伴们最深层的秘密都已向他泄露。谈话进行得非常开心,哥哥答应下次把他的同伴们带来。有时候嘻嘻哈哈的笑声太多,修道院的修女们都不由得皱起眉头,神情严肃。父亲十分拘束,哥哥却无拘无束地和妹妹聊天。他让妹妹把省下来的零花钱预支几笔给他,又让妹妹送他一些香烟;另一方面克拉丽莎也享受到小姑娘们的艳羡,因为她有这样英俊潇洒、具有绅士风度、讨人喜欢的哥哥。等到哥哥又要离去的时候,窗口上又出现许多小巧玲珑的脑袋,在她们都觉得他已消失的时候,还有几朵丁香花向他身后抛去。

接着又是上课的日子,上课的一周,毫无色彩的灰暗的时间。一股小小的波浪流过她的生活,不知不觉地在这波浪中汇成好几年的岁月。她还没有觉察,这股波浪的持续不断,单调平淡的涌流已把她的童年带走。

☆　　　☆　　　☆

唯一使克拉丽莎在人性上和个人关系上激动不已的事件,发生在她离开修道院学校前的那一年。迄今为止克拉丽莎从来没有特别关注过她的任何一个同学,因为尽管大家都喜欢她,在她从父亲那里继承来的压抑的性格里,总有一点排斥平素多言多语的女孩子们愚蠢地掏心掏肺的坦诚和感情过分的流露;大家都喜欢和她谈心,征求她的忠告,而实际上并没有对她推心置腹。而克拉丽莎自己呢,专心致志地做她的功课,也没有感到有必要向别人敞开心扉。离开学校之后,不仅马上就和旧日的同学都失去联系,也失去了对大多数同学的回忆。因此,那个奇怪的同学就更加使她念念不忘,这个同学的存在和命运使她第一次感觉到了学校围墙之外的现实世界。

早在前一天,罗西就给大家带来了一则消息,明天要有一个"新生"来校。罗西是个长得不怎么好看的红发姑娘,冬天长着疹子,夏天长了一脸雀斑。她喜欢到处打听消息,控制不住地多嘴多舌,一有机会就传播飞短流长。这下就有机会对这名新生评头品足,但是这个新生的到来却变成一件使人激动的意外惊喜。因为平时一个"新生"走进修道院学校总是畏畏缩缩,心慌意乱的样子,仿佛她得先避开一个女妖才跨进门槛,然后眼睑低垂地站在五十道或者八十道仔细端详,主要是百般挑剔的好奇的目光前面。这个还不满十六岁的姑娘,由院长嬷嬷亲切地领进餐厅,她脚步轻盈平稳,一双圆滚滚的眼睛满含笑意地看看这个,又看看那个,就仿佛她发现每个人都像她所期待的那样;她向餐桌旁邻座的姑娘亲切地点头致意,立即开始告诉她们,窗外的景色是多么令人陶醉。还没到上课时间,她就已经和几个小姑娘成为好朋友了。她看见每个同学都大大方方地说声:"哈罗!"询问对方的名字,马上对每个人都说几句令人愉悦的话。她对一个坐到她身边来的姑娘说道:"你的头发多么迷人啊,"用指头拨弄那姑娘的卷发,"唉,我要有你这样的头发就好了,我的头发总不听话,弄不服帖,而且太密太多。"她一发现有个好奇的同学正在认真观察她,她就欢快而又亲切地举目回望。一小时后,所有的姑娘都迫不及待地要和玛莉蓉说话——她就叫这个名字,这个洋里洋气的名字对她非常合适——大家只好耐着性子,等着晚上那短促的允许进行的闲聊时间来到。在宿舍的房间里不由自主地便围绕着"新生"形成了一个圈子。可是玛莉蓉既不谦虚地拒不充当中心,也不流露出一丁点儿傲慢的神气,她真心地称赞大家:"你们对我多好啊,我起先真有点害怕进校的第一天,但是在你们这儿真是太好了。"说着她就仪态万方地坐到圈手椅的扶手上,把两只纤小的脚在下面来回摆动,就仿佛这两只脚用它们的摆动表示赞同她的意见。要说她长得美丽,就需要有一种特别的审美趣味;反正她显得非常别致,她长着一双大大的圆眼睛,相当吸引人,她那浓浓的眉毛比她那一双略为暗淡的瞳孔,使她的眼睛更有性格;也许她也有点轻度近视,因为她喜欢眯起眼皮,使她的目光既显得可爱,又流露出关注,等她一笑,还有点调皮捣蛋的神气。脸上的轮廓现在还没长成,如果仔细观察显得线条太粗,鼻翼太宽,额头太平,很难像观赏画幅似的看她,因为她老是在动,尤其因为她老在左顾右盼,仿佛她担心谈话时忽视了什么人。欢快开朗,是她发自内心的明显的性格特点,希望不仅能取悦于每一个人,也能讨所有人的喜欢。她用每道目光、每个动作把这种友好的魅力,一直传给性格最冷漠的女孩。

玛莉蓉对人从不厉害,预感到会引起大家的兴趣,刚来学校的时候便毫不在意地谈论自己,显然十分真诚。她和家人在国外生活多年,现在既然父亲要在南美多待一些时间,她"妈芒"(ma-

man）——她不像其他人那样管母亲叫"妈妈",而是用法国人的腔调叫"妈芒"——就把她送到这里来接受教育;真可怕,她早年到处游荡,时而在这儿,时而到那儿——荒废了这么多学业。照理他们应该漂洋过海到玻利维亚去的,可是"妈芒"受不了那里的气候,再说对于女孩子而言,受到正规的教育殊为重要——当然,她还有点害怕学业上跟不上她们,数学她可是一无所知,地理,是啊,她其实是在旅途中学的地理,就这样一个劲地往下叙说,说得轻巧,同时又确定无疑,大大方方,并不是一副神气活现的样子,而是洋溢着年轻的鲜活的亲身感受。其他的姑娘们,着迷似的听着那些意大利城市的名字,特别快车的图像和高级饭店的景象一一出现,一股暖流从这个脾气随和多话健谈的女孩身上流出,她心里满是这个世界最为色彩斑斓的图画,当钟声响起,命令她们保持安静,上床睡觉,她们大家几乎吓了一跳。

不可避免,必然发生的事情终于发生。以后几天,大家都爱上了这个具有异国情调的女孩,可是玛莉蓉有一种绝妙的方式,来减轻那些尚未长成、并不成熟的姑娘们当中通常会有的互相妒忌,争强好胜,她以同样大大方方的态度对所有的人都很亲切,对她们都进行安慰。谁噘着嘴,她就吻吻她们;谁发火生气,她就拥抱她们;谁显出妒忌,她就向她们馈赠礼物:她可以像一道明媚的阳光似的用各种巧妙的打扮,激情洋溢地去追求她们。便是虔诚的修女们和用人们也无法抵御她那一脸欢笑亲切友好的脾气,再加上她那天然的灵活机巧;这是一种妩媚,一种自然的爱抚,可恰好是这点讨人喜欢;这种东西无法就这么拒绝,怎么着也得加以肯定;大家原谅她的知识缺点累累,她的努力并不特别持久,因为她一发现自己有什么东西不知道,就大吃一惊,惊慌失措:那样子是多么迷人,她央告人的样子,简直难以抗拒。她多么善于感情奔放地向人表示感谢,倘若有位女教师试图严肃一些,她就吓得要命,一动不动地僵硬地站着。她似乎从很小的时候就生活在柔情绵绵的氛围之中,倘若有一个女孩儿对她不友好,那么她每次的惊慌都甚于生气。她的天性天真烂漫,对人友善,没法理解别人的恶意和阴险,完全不会出头露面,扮演头头的角色,把东西分给别人比自己留着,她会感到更大的乐趣。譬如她会用小小的技巧制作小帽子和其他琐碎的小东西;要是"妈芒"或者其他一些热心的捐赠者,台奥多尔叔叔寄来糖果盒或者小礼物,她就兴冲冲地从一个姑娘跳到另一个姑娘那里,把礼品分赠给她们。她聊起天来总高高兴兴,整幢房子因为有她存在显得更加明亮,连灰色砂石的古老墙垣都显得亮堂一些。

克拉丽莎起先和玛莉蓉保持距离,但这只是为了可以更加关切,更加持续不断地观察她。尽管她自己也许是有意识地并不想承认,她是想探索这个同年龄的女孩子这样讨人喜欢的秘密,偷偷地学习一点她开朗豪放的性格。她悄悄地观察着玛莉蓉如何走路,如何轻松而随便地挽起一个女同学的胳膊,如何在接待访客日无忧无虑地,沉稳地和一个殊为陌生的访客攀谈,尽管他们才刚刚经过介绍认识。克拉丽莎几乎怀着歉疚的心情,把玛莉蓉的这种轻松自如和自己的拘束矜持进行比较。自从玛莉蓉来了以后,克拉丽莎才真正开始感觉到自己的拘束,她不可能恰好在她以为待人最为亲切友好的时候,显得亲切友好。在这点上,得向玛莉蓉学几招,就像有人在房间里偷偷地模仿在舞台上看见过的舞步,或者在镜子里模仿一位女演员的微笑。玛莉蓉激起大家普遍的兴趣,而大家却冷淡地从克拉丽莎身旁走过——克拉丽莎老实承认,这还是有道理的,因为最好的感觉,如果不会传达给别人,又算得了什么;每个人总是以爱来对待玛莉蓉,而对于克拉丽莎,则每个人都只是表示敬意,持有保留态度。克拉丽莎白天也在做梦,哪怕只有一次她能怀着这种令人无法抗拒的亲切态度扑向她的父亲,就像玛莉蓉对待每一个极偶然地相遇的熟人那样。纯粹是偶然的机遇,使她们两人互相接近。暑假的时候,大多数女生都回家去见父母亲,克拉丽莎每年待在学校里,因为重大的演习使她父亲无法抽身,玛莉蓉也是如此,因为"妈芒"要到戛斯坦①去休养。由于克拉丽莎态度严肃认真,办事可靠,院长嬷嬷完全把她当作成年人一样对待。院长嬷嬷向她建议,是不是可以利用不上课的时间辅导一下玛莉蓉,像好朋友一样地用自己的专业知识帮她一下,玛莉蓉显然在功课上跟不上大家。克拉丽莎乐于帮助,一口答应,她那热情的态度使玛莉蓉欣喜异常。由于经常待在一起,两人之间不由自主地产生出一种友谊。爱动脑子的人有一种神秘力量,能从比较轻巧的事情当中至少可以在短时间内找出严肃的事情来,并且以它们沉重的分量一直探索到它们的根本;克拉丽莎不久就发现,玛莉蓉在她面前完全显出另外一种样子,完全不像在别人面前那样,完全不是无忧无虑,毫无负担,就像她那无拘无束的优雅态度所假装出来的样子,可以感到玛莉蓉不停地需要身边的温暖和亲切,在这个孩子身上有着内心的不安,甚至害怕自己感到孤独或者被人

---

① 戛斯坦,位于奥地利的萨尔茨堡。

孤独地抛在一边,她试图多说些话,多聊聊天来克服这种恐惧。就仿佛火车停住,她倏尔惊醒,只有当她发现,谁也不在身边,她才感到自己是多么孤独。她之所以讨人喜欢,寻找别人的爱就建立在这种感觉之上。那种从一家饭店搬到另一家饭店的旅行绝不是其他那些年轻姑娘们所梦想的那样令人陶醉——晚上,她父母亲去了赌场或者剧院,玛莉蓉给打发上床睡觉,她就独自一人在陌生的房间里哭泣——"妈芒"的爱现在还显得很可靠,她还极为铺张浪费地用礼物相赠。远在玻利维亚的父亲从来不寄封信来,这也使她不安。"妈芒总是安慰我,你爸爸实在太忙。但是再忙也能写封信吧,况且……"每次玛莉蓉开始抱怨,总会突然住口,出于一种尚未破碎的自豪感,但是克拉丽莎感觉到,玛莉蓉还保留着什么秘密在心里。有天晚上,她期待的母亲来访又一次推迟,她终于说了出来:"我不知道,她究竟是怎么了。"玛莉蓉一边承认,一边紧紧地靠着她的女友,把克拉丽莎紧紧地搂在怀里,以至于玛莉蓉每次激烈地说一句话,克拉丽莎都可以感觉到她身体的抽搐。"但是谁也不会长时间地对我好,想必我有些问题。他们大家起先都爱我,都娇惯我,突然之间,他们的态度就冷淡了,也许这一切都是'妈芒'给我的遗传。她身边也围着一些人,可从来也不是同样的人。但是我受不了这个,唉,这种突然变冷,这种突然变得陌生起来,这可真可怕。你会感到被人推开,被人扔掉。世界上再也没有比这更可怕的事了,我受不了,我受不了,我非被毁了不可。"说着更紧地搂着克拉丽莎:"你知道吗,去年,我们在埃维昂。我们旁边的桌子旁边有个令人着迷的小伙子和他的父母亲坐在一起,长得非常清秀文雅,是在一幢有着许多仆人和马匹的房子里长大的——你还看不清楚,但是看一个人坐下去的样子就可以知道。他扭头看看他的母亲,简直像在剧院里一样。可是他越过盘子一直眺望着我,我感到他喜欢我,我也同样喜欢他——于是我就变得更加机灵,更加活跃,更有风趣,我感到我的每个动作都很成功,每句话都来得更快。我相信我甚至比平时变得更加漂亮。下午他走近我,彬彬有礼,还有点脸红。他做了自我介绍,问我是不是愿意作为第四名球手和他们一起打网球。晚餐时他的父母亲已经亲切友好地隔着桌子向我们打招呼了。从这天起他的父母每天和我的'妈芒'聊天,请她乘坐他们的马车。我几乎一直和拉乌尔待在一起。有一天中午,突然之间,你设想一下,拉乌尔突然从我身旁走过,就仿佛我是一根戴着帽子的木棍。他的父母亲也不跟我们打招呼了。你设想一下,克拉丽莎,你坐在那里,对面是个小伙子,昨天你还和他一起打球,聊天,开玩笑——为什么不说这事呢,我们还互相亲吻过了呢——现在他就低头瞅着自己的盘子。我不知道,我到底干了什么错事,我绞尽脑汁也不明白。但这差不多是一年前的事,我那时还真傻,没有自尊心,所以那天下午,我看见他独自一人走过马厩,我就笔直地向他走过去,问他:'拉乌尔,这是什么意思?我怎么得罪您们了?'小伙子脸涨得通红,尴尬极了,最后冷冷地说道:'我得听我父母亲的话……'唉,我真想给他一记耳光,我可以想象是怎么回事。大概拉乌尔的母亲担心他要向我求婚,他们可是什么伯爵世家,非常富有……但是也不可以把别人一下子推开,仿佛他们是堆垃圾……这事我永远也不会忘记,永远不会,我为我自己感到羞耻……我像疯子一样……我吃不下东西,吃了也会吐出来……晚上,母亲到赌场去了,我从床上爬起来,走到湖边,脱掉了鞋袜,我……你,这事别告诉别人,克拉丽莎,谁也别告诉,好吗。你很聪明,很有分寸,她们没法感受……我走下几步台阶进到水里,我想投湖自杀……我无法忍受独自一人待在楼上的房间里,又害怕吃饭的时候碰到这家人,和他们隔着桌子面对面地坐着……我受不了别人看不起我,我需要每个人都喜欢我,否则……我就觉得被人抛弃,受人驱赶,受到迫害,受到惊吓……但是从此以后,我碰到每个人,心里都把握不定,他是否也会这样突如其来地不再喜欢我……只有在你身上,克拉丽莎,不是这样,在你身边我感到安全,只有在你身边如此——甚至在妈芒身边也不确定……但是,不,我也许冤枉她了……是不是,我现在把一切都告诉你了,你不会把我想得很坏吧?"

"不会,玛莉蓉,我怎么会这样。"克拉丽莎安慰玛莉蓉,真诚地感动不已,抚摸这心情激动的女孩的头发。这是绝无仅有的一次,这个闺蜜向她掏心掏肺,和盘托出隐私。第二天玛莉蓉又像平素一样欢笑嬉戏,姑娘们在暑假期间晒得黑了一些,显得更加新鲜。她们刚一回到学校,玛莉蓉就像一阵波浪向她们扑了过去,她为每一个同学都准备了一件小礼物。不知道是由于玛莉蓉向她说的那种怀疑,还是克拉丽莎自己进行的正确观察,克拉丽莎认为,一道目光就引起了她的怀疑,她发现其他有几个同学对玛莉蓉的亲切友好态度的确和原来不再一样,她们不再像春天玛莉蓉刚来校时团团围着她,也很少看到她们当中互相为她表示妒忌,互相竞争。克拉丽莎暗自思忖,也许是因为玛莉蓉现在没有什么新鲜事情告诉她们。起先也许是因为她们夏天碰到的事情和人,削弱了她们对玛莉蓉的好感,但是克拉丽莎不得不确认,有几个姑娘从这时开始几乎漠然掉头不再理睬玛莉蓉。有一个小组，由一个女孩率领，变得更加强大，就这样赢得了全班的霸权。这样一来就产生了一种魅力来进行抵抗，是啊，可以感觉到一种敌意，或者一种反感。玛莉蓉自己毫不觉察，她披着一头可爱优美轻快飘舞的卷发，从一个同学奔到另一个同学身边去聊天，赞美她们长得多好看啊。她毫无妒忌之心地以十分关切的样子，询问她们有些什么小小的冒险经历和经验。克拉丽莎觉得有些同学对玛莉蓉几乎已经采取保留的态度，暗怀火气，而玛莉蓉还在讨好她们。克拉丽莎看了，心里很不舒服，她暗自思忖，是不是应该警告一下玛莉蓉，免得她碰到明显的钉子，可是克拉丽莎没有勇气。

于是那个绝非偶然而是处心积虑地暗中准备的意外事件，便在法语课上发生了。那个长得并不漂亮的女生暑假后返校，除了一脸雀斑之外似乎还带来一大堆道听途说的闲话。在上法语课前她向玛莉蓉弯着身子，悄声细语地向她伪善地请求："嘿，你，我有一个生字在字典里没找到，我不敢问伊芙修女，她老是凶巴巴地斥责我。可是你，她不是很喜欢你吗？去吧，求求你，代我问问她，bâtard 什么意思，bâtard，a 上面有个∧。"玛莉蓉浑然不觉，和平时一样乐于助人，就站起来提问："小姐，bâtard 这个字德文意思是什么？"有几行座位上立刻就响起使劲忍住的哧哧笑声，女老师脸上泛起轻轻的红晕，显然生起气来，可能是她以为玛莉蓉故意放肆无礼，可能是她知道她自己的家庭关系。"这个字起源于中世纪，今天几乎不再使用。"她几乎没好气地答道，"现在把你的作业做完！"马上又有人轻声咳嗽，这时玛莉蓉才似乎第一次意识到有人暗中捣鬼，别有用心。她给克拉丽莎送去一道哀求的目光，然后就像在餐厅里一样,一声不响,低头看着她的教科书。可是下课后她就马上冲到克拉丽莎的面前,"她们想要把我怎么样?这个荡妇为什么让我提这个问题?"克拉丽莎自己也没闹明白刚才发生的事情,设法安慰玛莉蓉,劝她去查查书。玛莉蓉以她惯有的敏捷,从书架上抽出一本字典翻了起来,看了一眼,就简直像疯了似的大哭起来。克拉丽莎念了一下字典:"bâtard,杂种、私生子。"克拉丽莎看了这掀开的一页,大吃一惊,这才明白发生了什么事情。

这一切就发生在一秒钟之内,玛莉蓉已经跳了出去,丧失意识似的激动不已。一分钟之后,克拉丽莎还没缓过劲来,还没来得及想好去追玛莉蓉,已经听见餐厅里响起一阵可怕的叫声,她冲到楼下,只见修女们和姑娘们围着玛莉蓉使劲把她拉住;玛莉蓉方才像个疯子似的,狂怒地冲到楼下,抓起一只盘子,就向她敌人的脑门上砸了过去,立刻鲜血直流,她就抓住一把刀子,这时大家把她制服。这个平素看上去如此可爱的小姑娘,现在看上去就像一个疯婆子;她拼命挣扎,脸上的轮廓都扭曲了。大家使用暴力才把她带走,不是拖着她走,而是硬把她拽了出去,把她关进一个房间,由一名嬷嬷看守着她。姑娘们当中激起的情绪波动简直难以形容;院长嬷嬷自己也一脸煞白,她果断地命令姑娘们坐到自己的桌子旁边,为了惩罚她们不负责任的举止,直到第二天早上,谁也不许说话,不论大声还是轻声,这一天停课;姑娘们站在这突然鸦雀无声的教室里,活像怯生生的影子,都不敢互相张望。

与此同时,院长嬷嬷和修女们开会商量,打了好几通电话;玛莉蓉在寝室里得和其他女生隔离开来。很久以后克拉丽莎才听说,已经做出决定,让她平静两天之后,就把她送回到她母亲身边。

克拉丽莎是跟玛莉蓉和另外一个女生同屋,可是在当天夜里,克拉丽莎觉得有个影子掠过房间,有只手充满柔情地抚摸了她一下。第二天早上,玛莉蓉就不见了;后来调查清楚,她是从花园的小门走出去的,克拉丽莎心情激动;她想起了那个湖,担心玛莉蓉做了自我了断。反正她们再也没有听到她的消息。警察局也一无所知。肇事的女孩在学校里也没待多久,因为其他女孩过早意识到她的残忍行为,都拒绝和她说话,都不理她。

这是克拉丽莎回忆起来的这个时代发生的唯一的事件。然后又过了一年,单调而又空洞;初夏时节,克拉丽莎得彻底离开这所学校了。可是在五月份,院长嬷嬷亲切地把她叫到自己的办公室里,她父亲,那位中校寄来了一封信,由于某种原因,他希望克拉丽莎立刻离校回家,同时寄来一封短短的电报:"星期天上午十一点在斯彼格尔巷等你,埃杜阿尔特在火车站接你。"——这使克拉丽莎惊讶不已,甚至非常害怕,因为只有发生了什么异乎寻常的事情,才会使她如此体贴入微的父亲发出这样一道严格的命令。她心情不安地和学校,从而也和她最初的青年时代不负责任的状况告别。

一九一二年夏天

哥哥在维也纳火车站等待着克拉丽莎。她还没有好好地和哥哥拥抱,就迫不及待地问道:"爸爸怎么了?"埃杜阿尔特迟疑了一会儿,"他还没有和我谈过话,我想,他是在等你回来再说,但是我其实已经可以想象是什么事。我怕他已收到了蓝色公文。""什么蓝色公文?"克拉丽莎凝望着哥哥,不明白他说些什么。"是啊,我们在部队里这样说,就是让一个人退伍。我早就听见这样一种流言,国防部里或者参谋总部里有人觉得老爸碍手碍脚。话说回来,自从军队的报纸对他那本书发出攻击以后,这已经不是什么秘密。这个攻击无疑是上面授意的,早在今年春天他们就打算把他调走,让他到波斯尼亚去当国防军的总监,可是他拒不接受这一调令,所以他们干脆就把他连根拔掉。在我们部队里,直言不讳的人都不招人喜欢,不论这人是谁,或者有什么能耐,他们都不在意。你得会趴下当狗或者会搞阴谋诡计,否则大家就会对你使坏。"在埃杜阿尔特平时坦然开朗的男孩脸上不由自主地出现一股严酷的神情,突然一下子他看上去和他父亲酷似。"咱们现在别聊得时间太长,他在等我们呢。他现在心里一定并不轻松,走吧!"

他从妹妹一直在哆嗦的手里接过她的箱子,两个人一声不吭走过火车站的大厅。克拉丽莎还没法整理自己的思想,她想象中的父亲总是与权力和铮亮的军装连在一起的。她简直难以设想,突然有人能拿掉她父亲身上的这一切;没有什么东西曾经有过从父亲身上散发出来的这样的光辉;这个光辉照亮了克拉丽莎的童年时代,尽管她还认不清父亲的脸。父亲曾是她的骄傲。克拉丽莎无法理解,父亲会像一个平常人那样的走路,身穿灰色的外套,身上没有这样色彩和光亮的彩霞,没有这金色的衣领,谁也不认识他。等到马车驰向斯彼格尔街的时候,克拉丽莎再一次犹犹豫豫地问道:"你有把握吗,埃杜阿尔特?""几乎可以确定,"埃杜阿尔特答道,一面用眼睛眺望窗户,为了掩饰内心的激动,"确定的是,我们得竭尽我们所能,做到他所希望的,或者他所要求的。我们不能使他心情更加沉重。"

舒迈斯特尽管地位很高,可是生活总是像斯巴达人一样俭朴。在五层楼的一套简单的三居室住宅里,勤务兵给他们开了门。勤务兵也明显地显得情绪非常压抑,他告诉他们,中校先生正在他的办公室里等待他们。兄妹俩走进房间,父亲从书桌旁站起来,急忙把夹鼻眼镜摘下——最近几年由于远视的度数加深,他被迫戴上夹鼻眼镜——向克拉丽莎走去。他像平素一样亲吻一下女儿的前额,可是克拉丽莎觉得这一次父亲的拥抱似乎更有柔情,也把她抱得更紧。父亲简短地问道:"你过得好吗?"克拉丽莎急忙回答:"很好,爸爸。"在说最后一个音节时,她几乎透不过气来。父亲用命令式的口气说道:"你们坐吧!"说着指了指两把靠椅,他自己也回到书桌边,更加亲切地对儿子说:"你可以抽支烟,不必拘束。"屋里一片寂静,可以通过敞开的窗户听见米夏埃尔教堂钟敲十一下;他们三个人都像军人一样的准时。

中校又重新戴上夹鼻眼镜,有点神经质地把他面前放着的几张写过的纸摞在一起。他意识到自己随口讲话不大有把握,便事先为这次和他孩子们的谈话起草了一份备忘录式的稿子。在他说话停顿的时候,不时低头看看草稿,找个支撑,好接着往下说。只有开场白他显然背了下来,安排得很妥当;显然他想谈话时直视他女儿的眼睛,可是他办不到。他的目光通过磨光的镜片,只能很不稳定地看到孩子们颇为拘谨的目光。他很快就低下头去,使劲看他的草稿,避开孩子们的目光。

准备讲话之前,他先清清嗓子,"我把你们两个,今天叫到这里来,"父亲开始说道,他的嗓子发干,有点沙哑,仿佛有人卡着他的脖子,"是想告诉你们几件有关你们和我的事情。你们两个都已长大成人,我知道,我现在要和你们诉说的一切,都严格保留在我们三个人之间,不得外传。现在,首先,"——他看了一眼第一张纸,他的脸便完全罩在阴影之中,"我已经辞去了我在皇家军队中的职务,我要求离职的申请书今天已送往陆军办公厅。"

父亲停顿了一下,然后念道:"我在军中服役将近四十年,一直努力为人正直,无论是对下级还是对上峰,即使对最高领导和至高无上的上峰,我都从来没有说过一次谎话。所以我也无须向你们,我的孩子们有任何隐瞒,我——"他一时说不出话来——"我并不是自愿离职。就算他们用将军的头衔来对我的离职加以掩饰,也许还事后颁发一枚勋章给我,这也丝毫改变不了这一事实。对我而言,毫无改变。他们建议我提出辞职,那种方式使人毫不怀疑,目的就是要摆脱我。我也许可以表示抗议,并且要求觐见皇帝陛下。皇帝陛下对我的工作始终极为仁慈地表示关怀。但是我没有这样做。活到五十八岁,不再祈求,不再哀求,这点你们自会理解。"

他又迟疑片刻,接着继续往下念:"我作为军人在皇家军队里服役了将近四十年,所以我知道,军人的第一职责乃是服从。我们得遵守纪律,服从命令。即使我们认为这道命令并不正确,也不公正,我们不得批评,我也不会去批评。但是我可以告诉你们,我的孩子们,到底发生了什么事情,这样你们才不会对我感到困惑,不会心想,我在什么时候曾经没有尽好职责;不言而喻,这也得严格地保留在我们当中,不得外传。你们知道我多年来几乎一直在专门计算外国军队,也可能是敌国军队的兵力和装备。我想我对我做的事情很有把握,就像我对这方面很有把握一样。我这些计算、对比的结果,从未向我的上峰隐瞒,尽管他们很遗憾地认为,这些研究结果完全多余,不起决定作用。我不同于其余的参谋总部和国际部的人员,指出巴尔干半岛各国在战略上和物资供应上占有优势,它们无疑正在武装起来,准备和土耳其开战,同时经过比较我也并不隐瞒我们自己军备中的几个弱点:必须估计巴尔干半岛战争会发展成一场大规模战争,根据我的计算,军火的消耗就要扩大七倍之多。他们把我与此有关的报告年复一年地放在多余的公文之中置之不理,我已习惯于他们低估我的报告,把它们搁置起来。我知道,战争中主动权决定一切。所以我继续加强情报的精确性,因为我并不是求得报酬而尽忠职守。这时我得到一个优先的机会。在夏季演习时和皇太子殿下①进行了一次较长的谈话,他想知道我对这些演习的意见。我坦率地发表意见,按照纪律尽可能地维护我的上峰。皇太子殿下似乎极感兴趣,我又两次被请到科诺彼旋特宫去觐见皇太子;他又问到我,用统计学做出的确定,是否可以在发生一次国际纠纷时作为判断,是否有胜算的基础。我根据自己的信念做了肯定的回答,因为我这些年不是为了游戏而在这件工作上花上每小时时间的,而是希望在危险时刻这些材料能对我的祖国有用。皇太子殿下接着问我,是不是可以为他个人做出一份这样的报告;我表示乐于为他效劳,只要他把这份报告保存在他自己手里,不致把它泄露出去。殿下向我做了保证。——我,"舒迈斯特的声音念到这里,变得更加强劲,更加激烈——"花了四个星期的时间撰写这篇报告,尽可能的诚实,犹如我的计算和我的良心。既然这个帝国未来的主人对此似乎很是重视,而我们大家又和这个帝国休戚相关,命运相连,我也就毫无保留地谈到我的忧虑。碰到一次国际冲突:特别因为我们炮兵实力不足,我们将会陷于极度危险的境地。而我们参谋总部预计的俄罗斯军队动员所需的日子,被我整整缩短了一半。皇太子亲自接过我的报告,再一次向我保证,这份报告只会保留在他手里;可是几个月以后,从人们吐露出来的几句火气十足的话语,以及军队报纸同时对我发表的一些表格进行的公开的攻击,我发现我写的备

---

① 皇太子即弗朗茨·斐迪南大公爵(1863—1914),1896年定为奥匈帝国储君,1914年6月28日在塞尔维亚的萨拉热窝遇刺身亡,引发第一次世界大战。

必须请你自己做出决定。我从肉体到灵魂都是军人,可是我勤勤恳恳地干了一辈子,临了却蒙受冤屈。但愿这事不会把你吓退,重要的只是,要爱你正在从事的事业,并且忠实正直地把这事干到底。克拉丽莎你呢,让这笔财产充当你的嫁妆。可是我希望,从现在起到你结婚为止,你并不是无所事事地待在家里。我了解你,你一定会找到合适的事情。我的住宅供你们两人使用,租金从我的养老金里支付。你们之间自会诚实地决定该如何使用并且分配这个住宅。你们对我不必担心,我的养老金完全够我简朴的生活所需。另外我的出版物也给我带来可观的存款,也许会继续给我带来高额的收入,超过我的需要。父亲今后不会充当你们的顾问,那么你们兄妹两个就彼此成为最可靠的朋友。所以不必为我害怕,为我担心,尤其不要为我感到遗憾;这点我受不了。那么……要是我有个三长两短,请你们可靠地实现我昨天在遗嘱里表示的遗愿——不要举行军事葬礼!从我脱下这身制服起,我就不再是军人。现在我只自由自在地根据我个人的愿望和认识,为我的皇帝和我的祖国效劳。"

舒迈斯特把纸张叠叠整齐,最后几句话,他念得慷慨激昂,就像在前线发布命令,声调响亮果断,斩钉截铁,犹如喇叭声响。现在他把夹鼻眼镜放进眼镜盒,把讲话稿纸放进书桌的抽屉,然后站起身来。衣领勒住他的脖子,他把衣领又整理了一下。两个孩子身不由己地从座位上站起来。此刻,他面前没有了那些给他提示的草稿,他想以父亲的姿态和他的孩子们谈话。他又变得像平素那种拘束,他试图用随随便便的口气说话,"好,就这样!事情都交代清楚了,现在……现在你们情况都了解了……话说回来,你们现在得自己寻找合适的道路……我没法向你们说些什么,也没法给你们什么忠告……谁也不知道他自己怎么做才对……对此,的确没法说什么……其他一切只有自己知道……每个人自己得知道。"他停住,不说了。他自己也感到,他一筹莫展,净说了些空话、废话。他的目光没有和他的儿女对视,而是向下低垂,似乎想在地毯的花纹上看出什么名堂。然后他突然振作起来,显然他想起了他原来想说什么,"对了……还有一点……我在五十年里看清楚了一点,学到了一点,一个人一生只能做好一件事情……只做一件事,但是必须把这事情做完全,做好……问题不在于这是一件什么事情,谁也不可能超越自己。但是只要把你的一生花在一件事情上,就算没有白活,只要这是一件规规矩矩的、老老实实的、干干净净的事情,这个事情就会像你的血液一样,属于你自己……别人是不是把这事说成奇思怪想,或者说成一件蠢事,这都无所谓。只要你自己觉得它正确就行……必须竭尽全力效劳,十分正派地效劳,不论是否得到感谢和酬报……必须了解你的事业,你自己的事业,并且把它进行到底……你必须要有一点你相信的事情……做人必须坚定,倘若遭遇不幸,倘若人们把你赶走,就像赶走一条癞皮狗似的把你赶走,还对你百般嘲笑……你就得咬紧牙齿,坚定不移……你们听见了吗……万分坚定……万分坚……"

他感到羞愧,竟然被他的感情所控制。他拼命挣扎,身子开始摇晃。克拉丽莎已经向他跳了过去;听到最后几个字,克拉丽莎已经感觉到父亲声音里已经升起一股苦涩的痛苦。父亲现在躺在克拉丽莎的怀抱里,身子为强烈的抽泣所震动,过于虚弱,无法抵御。他把过多的痛苦埋进心底,把过多的痛苦吞咽下去。克拉丽莎感到,父亲使劲地抓住她。他内心深处每一次痛苦的震动都传到克拉丽莎身上。父亲终于挣脱身子,别转头去,喃喃地说道:"原谅我,可是我毕竟只能和你们谈一次话,这是最后一次。一个老年人难免感情激动……好,现在让我自己来应付吧……我一个人可以独自承担这一切……最好让我独自承担……你们两个还有什么话要问我吗?"

兄妹两个一声不吭,接着埃杜阿尔特向前迈出一步。出于军人的习惯,他在父亲面前保持一定的距离,不由自主地立正。他说:"爸爸,你谈到你写的文章里总结了你研究和观察的结果,我很希望看到你的文章,不愿这篇文章就此丢失。我知道,把它内部保留,不予外传。你应该信任我们,至少相信我们。倘若你还有一份抄件……"

舒迈斯特看了他儿子一眼。这是他这一天第一次能够做到自由自在地看着他的儿子,"谢谢你,"他怀着真正温暖的感情说道,"你说得对,这也属于你们。我压根儿就没想到这一点。倘若档案柜里的一切都会发霉腐烂,那么总得有人知道,我到底想干什么。我知道,你们不会把它交给任何人看。倘若这事成真——奥地利真的沉沦了——那你们就把我的文章烧掉吧。倘若有人说我们撒谎,那你们就把它封存在一个图书馆里,以便另外一代人会这样谈论你们的父亲:倘若如此,他做得对。"

舒迈斯特走到他的书桌跟前,寻找他封好的一个卷宗,上面写着:"我死之后不必打开,就此销毁。"他把这个卷宗交给埃杜阿尔特,看了看表,不等儿子开口,"好吧,现在别再说什么了,一句话也不要再说了。"他拥抱了儿子和女儿,两个孩子顺从地不敢再说一句话。舒迈斯特回到书桌旁,笔直地等在那里,和他两个儿女一样;两兄妹低着头走出房间,也不回头看上一眼。他们感觉到,等房门在他们身后关上,父亲一定就会昏倒。勤务兵帮埃杜阿尔特穿上外套,他们默默无言地走下楼梯。当他们走出大门,米夏哀尔教堂钟楼上的钟正好敲出十二下清脆洪亮的金属钟声。他们一分不差地正好在父亲那里待了一小时,但是在这一小时里,他们对自己父亲的了解,甚于他们以往整个人生。

一九一二年至一九一四年

接下来的几星期克拉丽莎心里一直忐忑不安:她生平第一次得自己做出一个决定。迄今为止一直是别人的意志决定她的所作所为,预先决定她每天甚至每小时该做些什么。现在她得根据自己的决心来做出一个极端重要的抉择,选择一个职业。她发现自己心里根本没有明确的倾向或者目标,因而这样一个影响深远的责任就使她更加忐忑不安。她非常喜欢钢琴,即便是要求最高的曲子,她也弹得无懈可击。可是她清楚地意识到,这和真正被人承认的演奏还有相当距离。可以补上文科中学的课程,然后上大学学习,可是想到要花费大量时间,她也就不再考虑;另外,还可以只和三个姑妈当中的一个做伴待在家里,每天无所事事,可是这既违背父亲的愿望,也违背她自己的心意。机缘凑巧,恰好她父亲法律上的朋友需要她为存放在他那里的她那为数不多的财产办理某些手续,于是请克拉丽莎过去见他。这是一位年长的先生,他还在一些慈善协会里工作,这使他在自己本行之外也享受盛名。克拉丽莎便向他袒露自己举棋不定的情绪,并且请他发表意见。埃伯瑟德尔博士微微一笑,接着一面向克拉丽莎致歉,一面向她解释,为什么她的请求突然使他笑了起来——克拉丽莎找他的确找对人了,当然并不证明完全对口。他是被释放人员咨询就业指导协会的主席,而克拉丽莎相反,刚刚离开修道院,还没有被人指控犯下任何罪行。接着在提了几个问题之后,根据克拉丽莎的情况,他便说出他的个人意见。他告诉克拉丽莎几年来教育学方面盛行几种新的设想,来自世界各国,主要通过瑞典的爱伦·凯①和意大利的蒙台梭利女士②这两位妇女,对于青少年的教育提出了崭新的、合理的要求,在更高的程度上对孩子们的个性成长以及他们生理心理上的发展加以关注。理性的父母现在已经决心不再把他们的孩子,托付给未受教育的女保育员和不学无术的女教师。倘若他没弄错的话,现在这里有各式各样不同的就业可能,这本身就令人非常兴奋,物质上也能够适应日益增长的要求。最后,他觉得重要的是,这肯定也有一种有益的、人道的作用。所有这些培训已经提高到学术的层面;现在人们急需那些能够制作特定食谱、教授器械体操和健身的女性助教,去取代那些迟钝的保姆。这些设想现在向各个方面发展,大家根据我们时代的特点,认定要搞专业化。有些学校只管神经质的孩子,另外一些学校则只管智力落后的孩子。有的妇女在社会的意义上,献身于慈善事业,又有一些妇女从事体育事业。照顾婴儿已经变成一门学问,已经出现新的学派和新的理论。他自己也未能一一密切关注,但是总的说来,他觉得对于那些不甘心从事枯燥无味的职业,另一方面也不愿放弃女性使命和特殊天赋的女性,这个崭新的时代的确开启了许多可能性。他不

---

① 爱伦·凯(1849—1926),瑞典女作家,女权运动者,主张妇女参政,有家庭生活、伦理学和教育学方面的著作。
② 蒙台梭利(1870—1952),意大利女教育家、哲学家、科学家。

想向克拉丽莎做出什么明确的建议,但是如果克拉丽莎赞同心理教育学,他还是很愿意劝她做出这一选择。既然克拉丽莎在物质上并不窘迫——这可是个了不起的优势,并不是许多人都能具有的——她在第一年不用做出任何决定,而是有可能到各个大学、医院去上夜校,听听课,无论是关于婴儿护理,还是教育学,在进一步了解情况之后再做决定,看自己觉得想干什么——因为这种内心的使命感总能最好地决定你想找的职业。

克拉丽莎真诚地向埃伯瑟德尔博士致谢。第二年似乎向克拉丽莎证实,她的这种感激心情不无道理。她的大多数性格特点都是从她父亲那里继承的,其中之一乃是坚忍不拔,有条不紊地努力工作。她就凭着这股热忱,仔细分配她每天的时间。她把最大部分的精力用来研究各种学问,她注册选修各门课程,从头到尾修完了一门婴儿护理课,在大学旁听教育学的课程,在医院工作,听各种演讲,熟悉各种不同的教育方法。清晨七点,她就离开斯彼格尔街的家,晚上回到家里,恰好还有一小时弹弹钢琴。所以有位教授开玩笑地说:有了她,可以取消一切钟表。她还一直没有做出决定,她对许多事情都兴致盎然。但是她意识到,自己不是教书的材料。在修道院里,她对世事纷繁还一无所知,她到处都安安静静地在旁谛听,机敏灵巧,引人注目,讨人喜欢。另一方面,她对诸多事情感兴趣:在修道院度过几年之后……就像在修道院学习的年代,她定期给父亲写报告,现在她定期向自己汇报。她是否有足够的耐心来帮助病人、弱者,帮助别人?她心里只清楚一点,她觉得自己更多的是被健康的人所吸引。置身于烦躁不安、神经过敏的人中间,这可不是她的风格。她把这些人视为病人,她必须得出一个结论。

克拉丽莎认识到,为他人服务对她而言是件乐事,这样她感到自己更加自由。她知道,等她退缩到孤独的状况,为了让她真正的意志迫不及待地表现出来,最终她选择了她自己的"事业"。

决定却向她迎面走来——通常都是这样。决定出人意表地向她走来。她觉得,在她所旁听的课程当中,有枢密顾问①西尔伯斯泰因教授的一门有关"神经质的孩子"的课程,她觉得他是最负盛名的神经科医生。有人把这门课当作最重要的课程推荐给她,她兴致勃勃地听着,觉得不同寻常,尽管西尔伯斯泰因年纪轻轻便已获得教授头衔。他大概已经五十五岁光景,面部轮廓分明,享有光彩夺目的演说家的盛名,尽管他对弗洛伊德并不熟悉。他尤其通晓文学;陀思妥耶夫斯基②和爱伦·坡③对他而言是举足轻重的作家,认为两人作品之间有着不少联系。这是一个现代人的典型,面部轮廓鲜明,暴露了他是犹太人的后裔。他身材瘦削,甚至可说瘦骨嶙峋。他个子太高,微微前倾。他的鼻子太大,头发漆黑,所以整个外貌都显得线条分明,同时又有一种禁欲主义的味道。他说话急速、流畅,手势较多。这位教授吸引住了克拉丽莎,这是她听到过的第一门真正的课程。西尔伯斯泰因教授随口举例,引起旁人反驳,而这正好就是他的目的所在。人们总是被那些离他们最遥远的东西所吸引,克拉丽莎对于讨论兴趣浓烈。她高兴的是自己能够迅速理解一切,觉得自己头脑突然特别清醒,迄今为止,

---

① 枢密顾问(Hofrat),奥地利给予教授的一种头衔。
② 斐多尔·陀思妥耶夫斯基(1821—1881),俄国作家。
③ 爱伦·坡(1809—1849),美国作家。

她认识的人全都思维缓慢。从这时起,她开始对疾病感到兴趣。

克拉丽莎听了西尔伯斯泰因教授三个月的课,她总是坐在前面几排的座位上速记教授的讲课。这种形式使她可以更好地记下她听到的内容。相信书面的东西,是从她父亲那里继承来的习惯。她工作缓慢,称得上是慢工出细活的人。回到家里她认真整理记下的笔记,把它们都特地记在另外一个本子上。有一次教授讲课结束,从讲台上对她说:"您是否可以稍等片刻……"受到这般抬举,克拉丽莎有些心慌意乱,枢密顾问西尔伯斯泰因接着说道:"请原谅,小姐。我不想耽搁您,可是我发现您是一位极好的听讲者,边听边记。我希望您能原谅我,我想请问您是把我说的一切都记了下来,还是只记下您认为重要的东西?"克拉丽莎脸红了起来,她有些惊慌失措,不知自己是否做了什么不合适的事情。她回答教授,她只是记下最重要的地方,回到家里再把她速写的笔记整理成一篇文章,这是她的习惯。"请您听我说,亲爱的小姐,您可以帮我一个大忙了。我为这一系列演讲,只写了一些简单的笔记,由于一个愚蠢的意外事件,有人在整理房间时把这些笔记给我扔掉了。我现在迫切需要把这些笔记寄给一家美国杂志,可我已无法恢复它们的原貌了。当我今天发现,您一直在边听边记,我觉得这可真是巧事。您能把您的笔记给我用一下吗?"克拉丽莎表示同意,前面七次演讲她早已整理完毕,这次演讲的笔记她还得誊清。于是他们约定,她把这次演讲的全部笔记都寄给他,就寄到大学。第二天她就可以整理完毕,当天她还誊清最后一次笔记。过了一天,她收到一封电报,西尔伯斯泰因教授向她致谢,并且问克拉丽莎星期四是否可以去他那里。这实际上是克拉丽莎收到那封叫她离开修道院的电报后,再次收到的第一封电报。

西尔伯斯泰因教授在办公室里接待她:克拉丽莎走进前厅就注意到了这个房子的特别之处。首先是房子的陈设极有品位,这里挂着的都是她从未见过的图画,非常引人注目。后来她才知道,这是希罗尼姆斯·伯施①和卡洛②绘画的复印件。有几幅关于梅斯美尔③的漫画,表现了人们嘲笑这位医生的一切。克拉丽莎觉得,选择这些漫画含有辛辣的嘲讽。西尔伯斯泰因踱来踱去,"首先,我不知道如何向您表示感激,这真是雪中送炭,我终于在昨天就可以把手稿寄出。还不仅于此,您使我大吃一惊。您记录时专心致志,有些地方您甚至比我说的,表达得更为清晰,变得更加简洁明了。我演讲时常常会离题发挥,我常常觉得说得不够清楚,我无法设想会有比您的笔记更加凝练的内容摘要。您让我看到一个头脑清楚的人如何感受我所讲的内容,这点十分重要。"他坐了下来,"现在请允许我提个问题,也许涉及您的私密。您是否私下有什么工作,或者在攻读一个专业?"克拉丽莎淡定地讲述她的处境。"我提这个问题,并不是无的放矢。在我这儿,最近几年很多事情都有点落了下来。我的记忆力并没有衰退,我至少希望如此。但是工作堆积起来,许多事我都忽视了,时间总嫌不够,没法把病案都清清楚楚地记录下来,所以很久以来我都在想给自己找个帮手,培养一个助教;我也曾经尝试过两次,也许我太缺乏耐心。昨

---

① 希罗尼姆斯·伯施(1450—1516),早期尼德兰画家,作品以奇幻的画像和精致的风景著称,其对地狱的恐怖的梦魇似的描绘,被广为复制。
② 卡洛(1592—1635),法国版画家,蚀刻了一千四百多幅宗教题材和军事题材的绘画,影响甚广。
③ 弗朗茨·安东·梅斯美尔(1734—1815),奥地利医生,发明催眠疗法。

天您的摘录寄来,我简直大吃一惊——这正是我想要的东西,把我的冗长繁琐的讲述压缩到主要本质的内容上去,使我的讲述变得清晰明了。这时我想到了您——我想要见到您,焦躁不耐之中给您发了一份电报。因为,一旦我产生一个念头,我就控制不住,每时每刻都惦记着它。我心想,这也许会引起您的兴趣。我的任务一部分是有趣的,一部分是枯燥无味的工作。……建立一套索引卡片,可不是任何人都能胜任的……您为什么笑?"

克拉丽莎听到"索引卡片"这几个字,便不由自主地想起了她的父亲,想起父亲对于收藏的乐趣。父亲有一次带克拉丽莎到他的密室去看看。父亲当时一走进他工作的蜂房,脸色便变得格外严峻和冷凝。"因为您说,这不是任何人都能胜任的……我是通过机缘凑巧知道了这件事。不过我必须承认,我喜欢这个,甚于其他一切。也许这种工作我做起来最有收获……通过特殊情况。"

于是他们迅速达成协议。克拉丽莎得每天花三四个小时在教授处工作,充当助教、档案管理员和秘书,工资优厚。她得根据教授的口授记下病历,汇总整理。不久,教授完全习惯了克拉丽莎的帮助,她的工作时间占据整个下午,往往延长到晚上;她在二十岁时就得到了一个职业,不仅使得她生活安定,收入丰厚,也使她激情满怀地投入到这项工作中去。她最欣赏西尔伯斯泰因的,是这位教授不仅脑子特别灵活,反应迅速,而且工作玩命,善于充分利用时间,直到最后一分钟,从来没有看见他无所事事。这一年如此,以后的年月里也是如此。早上直到九点,无论是外人还是他的家人,他谁都不见,也不接待。六点三刻他准时起床,然后就在他密封的小房间里工作,直到九点离开。他的理论著作,主要是撰写一本他视为毕生著作的作品,《各民族的神经官能症》。在这本著作中,他在研究数量惊人的历史文献的基础上,试图综观历史,证明各个民族和人一样,都经历了沮丧和无法解释的恼怒的各个阶段;希腊卷是唯一已经结束的一卷,置于卷首作为序言。这一章也对这个民族的心灵素质提出新的视角,和尼采从文学的事实所尝试进行的研究相似。上午属于大学,下午则属于他拖得时间很长的诊所的业务,晚上除了社交应酬之外,用于通信和研究;在这过程中,有时在汽车里或电车里,他总是手不释卷。休息对他而言只是从一个题材转到另一个题材。克拉丽莎不消多少时间就能对这位教授做出评论,她注意到,无论是他的同事或者他的病人,尽管对他的成就都普遍表示敬意,可是大家总的说来,都不太喜欢他。他对于他的病人态度生硬,甚至有些粗暴,根据一种计算精确的方法,喜欢把病人的痛苦和抱怨加以轻描淡写,或者用几句未必都很成功的风趣话来加以减轻削弱;克拉丽莎在和教授比较密切地接触过程中,自然仔细地进行观察。她不久发现这种粗暴和嘲讽,其实是对自己的软心肠采取的一种自卫措施。这位教授骨子里非常善良好心,乐于助人达到自我牺牲的程度。他作为人,羞于承认关心他人。他为了个别案例不止一次两次自己遭罪,为了说明一个盗窃狂的案例,他甚至跑了好几个警察局,而那个相关的女人,他只是不屑一顾地称之为"女贼"就算了结了。他有一次向克拉丽莎解释:"你要是治疗一个神经官能症的病人时,被他发现,你对他很认真,那你就完了。"作为医生,他发现自己个人也被牵扯进去,他似乎很不舒服。他这种害臊的态度必然产生奇怪已极的性格特点,譬如他因为窘迫,原则上总是用外号来称呼克拉丽莎。他问克拉丽莎什么事,就叫她:"喂,我的记忆力",或者"掌握秘密的女主人"。他要是给克拉丽莎口授病历,往往是些内容相当私密的病历,他总是在一个遮暗了光线的房间里从写字台旁进行口授,这样他的脸在灯前就处于阴影之中。对于克拉丽莎而言,这是一种表示尊敬的态度。在他之前,克拉丽莎从来没有在其他任何人身上接受过这样的敬意。另一方面,他也绝不遮掩他的感激之情,虽然总是用开玩笑的语气表达出来,说克拉丽莎对他的工作已变得不可或缺;有时候他也征求克拉丽莎的忠告;他向克拉丽莎口授"我们的作品"的一个副本,把克拉丽莎介绍给他的家人——他有一个十五岁的儿子——和克拉丽莎讨论他的医学思想和个人想法;他赠送礼物给克拉丽莎,请克拉丽莎和他太太一起亲自挑选礼物。克拉丽莎往往有这样的感觉,自己似乎是这位教授唯一信赖的人和他信赖的第一人。对于这个为别人的命运和别人的秘密深受压抑的男人而言,克拉丽莎意味着减少压力,放松心情。这种信任的气氛使得克拉丽莎的内心感到无比舒畅,但同时她也觉得这一切匪夷所思,她并不想和这一切亲密无间,永远结合。她知道,她为教授效劳,是在为一个事业效力。日后她回忆起这些岁月,总把它们看成她无忧无虑,最无拘无束的时光。

☆　　☆　　☆

克拉丽莎和西尔伯斯泰因教授谈话多次,只有一次特别铭记在她的记忆里。因为这次谈话不仅对她很有启发,而且——这是他们相处的全部时间中唯一的一次——谈话涉及她个人。那天下午教授请她到图书馆去,在历史著作中摘录一些段落。六点钟她回到教授那里,教授第一次没好气地对她说道:"我不能白白浪费时间,您把 X 文档放到哪儿去了? 我到处瞎找,找了半个小时。"克拉丽莎随手就把那文档指给他看,他继续斥责克拉丽莎:"这我怎么找得着啊?"他自己根本就没有在 L 这个字母上面寻找。"我的人名索引是这样排列的,每一个字母总是和字母表上的一个数字相对应的,这本书不是就摆在这儿旁边吗?"教授把书往旁边一扔,"难道要我每一次都来回瞎找吗? 您这儿弄的,全是彻头彻尾的胡来一气——您怎么能?……"

突然他打住了,凝望了克拉丽莎一会儿,开始哈哈大笑起来,"请您原谅我的无礼,您说得当然很对,一点也不错。我只是心里生气而已。X 伯爵夫人今天在最后时刻宣布不来了,下一个病人也没在预约的时间赶来。整个下午我都浪费了。"他把心里的火气全都用拳头恨恨地发泄在他的档案柜上,非常高兴自己发脾气时被旁人逮个正着,他最后向克拉丽莎解释:"好吧,现在您总算看到了神经科医生的一般情况了吧。因为两个病人偷走了他的时间,他就失去自控。没有疯子到他这儿来看病,他就自己发疯。"克拉丽莎觉得非抗议不可,"这有什么可奇怪的,他干活干得太多了。不对,其实干得太少了,因为他连我的卡片秘密也没猜着。"可是教授已经接着往下说:"为了不至于白白浪费时间,我们不妨测试一下,看您是否已经具备诊断的目光。那么,首先请您告诉我,我的良心,您是否已经注意到,我生来就具有严重的神经官能症的病兆……"

克拉丽莎耐住性子,虽然她觉得这位教授从外表上看来,的确像是一个病例。"相反,我其实一直觉得奇怪,您居然没有发疯,您干活太多,可是依然能够自我控制。"

西尔伯斯泰因医生严肃地凝视着克拉丽莎,"您在我这儿没有学到好东西,我其实自己就是个神经官能症患者,一种犹太人的遗传。早在我的童年时代,这种遗传在我身上就已发展到病态的程度。我没法安安静静地坐着,安静不下来。今天我还完全是这样,只要我单独待着,我就心里不安。结果有种压力压在我身上,迫使我有所流露,因此我太太都绝望了。她强迫我找个地方消夏避暑,放假对我而言,简直是个令人不寒而栗的字眼。大学的教学停顿,病人必须先去消夏避暑,而我……我的全部秘密在于,如何克服我的焦躁不安。我工作越多,越能成功地办到这点。我必须忙个不停,只有在我干活的时候,我才平静下来,那我就不会再有恐惧,因为害怕孤独比毒药还可怕。宁可干活也别心存恐惧。我一想到焦躁不安就等在我背后,就会撒腿跑路,不让不安情绪逮住。这就是我何以被所有的同事如此赞赏的勤奋工作的最后秘密。

"不过您大概已经注意到:我从中想出一种办法作为治疗方法。让病人忙活,给每个病人都找些让他忙活的事情,这就是对他的帮助。这一点使我和弗洛伊德分道扬镳。我知道他不喜欢我,而我不幸,却对他颇有好感。我欣赏他天才的精神力量,他的勇气。他为人正直,使我惭愧的是,我在'官方人士'那里比他更有分量,不过觉得这很正常:在决定性问题上,我们有意见分歧。在全世界,人们都觉得我们差别极大。尽管从空间上来看,他住的地方和我只隔着七条马路。弗洛伊德深信,你知道某人的来龙去脉,那么大家都知道,你只要指出此人的愚蠢究竟何在,从何而来,就能把他治好。弗洛伊德想要把人们带回到他们神经错乱的根源上去,而我则要把他们带离这一根源。我认为,不如把另外一种毫不危险的根源调节到他们的脑子里去,这样更好。我不相信,真实情况会对病人有助。相反,还是给病人一种妄想,让他沉湎于此。这样他才不会用自己那点烦恼,自我折磨不已。您不也看见了,我成功地劝说科尔曼小姐,让她去上歌唱课。现在她成天练唱,跑去找代理人,梦想着大街小巷都贴满她的海报。我当然知道,她永远也不可能成为一个伟大的女歌唱家,但是我让她分散心神,这就帮助了她——因为我一心只想帮助她。我不相信治疗,每个人都有自己的妄想或者至少天生就具有妄想的素质,不知在什么地方,他那想出风头的欲望就会冒将出来,但是你没法把这欲望切断,只能把这人身上所有的最愚蠢的欲望,把对自己投入空无一物的虚幻投影的欲望推到一边。每一个人,即便是很有头脑的人,尤其是这样的人,在他的脑子里都有一个黑暗无光的地方,他自己的理性未能把这地方照亮——拿破仑有他的家庭妄想,陀思妥耶夫斯基有他的赌瘾,巴尔扎克想当戏剧家和商人。知识毫无用处。我还没有碰见过一个人,你能帮他战胜自己的妄想,包括我自己在内。"

克拉丽莎想必不由自主地做了一个手势,因为西尔伯斯泰因医生目光犀利地注视着她,"没错,包括我自己在内。好吧,咱们不妨做个试验。您没有在我身上发现一个明显的毛病?没发现我身上有什么不适合于我,您自己觉得十分愚蠢、荒诞、傻样的东西?"

克拉丽莎颇为尴尬。

"好吧——通过沉默也能撒谎。当然,您出于敬意,不敢自己确定这事。不过,为什么我昨天给雅基诺特教授写了一封热情洋溢的信,您也知道,我不喜欢他的那本书。答案是——因为我得对科学院采取友好的态度,希望得到他们的邀请。为什么我去参加一些我并不感兴趣的大会?为什么我今天晚上要到教育部去参加招待会?我知道,这纯粹是浪费时间,我将不知所措地东站一会儿,西站一会儿,百无聊赖到难以名状的程度!这是一切蠢事当中最最愚不可及的事。报纸从学术上看,还有些价值。那么,为什么呢?因为我有一种妄想,要是我的名字有十天之久不在报上出现,我就会立即被人遗忘。因为我相信,这下我就毁了,其实十页长的一篇文章,远比一千小时这样毫无所获的露露面、亮亮相要重要得多。这是一种荒唐的念头,一种愚蠢行动,一件无聊之事。这种永远的抛头露面,完全有失一个严肃的人的尊严;我在做这事之前,和做这事之际,都心知肚明,而在做了以后更是如此,可是我还是做了。我傻站在那里一头雾水,心想,你在这儿干吗?我最终的那点自尊心受到分析,尤其是得到阐明。我感到心里没底,以致我自己都不再相信自己。我感到羞愧无地,看不起我自己。我向我自己这样合乎逻辑地,异常精确地证明这件荒谬的事情,就像在您面前进行证明一样。可是我,心理学的教授,一个科班出身的精神病医生和心理学家,常常一次又一次,一周复一周,又头脑清醒地成为我脑子里这个遮黑部分的牺牲品。就好像我要在一个人面前控告我自己。我高兴的是,现在我已一吐为快,要不然我也许永远也不会吐露这些心声。好,现在您知道了,您从现在开始每次都可以偷偷发笑。当您看到我穿上燕尾服,挂上这些叮当乱响的勋章,就可以心里确定——因为我自己已经知道这事——这个平素还颇为正常的人,身上那股妄想,那种愚蠢,现在又开始发生作用。这很令人惋惜。您现在看到,知识无济于事——这几乎已是一个事实——绝不是像我大名鼎鼎的同行所想的,这根本不会使人幸福——相反,我相信那些不知自己弱点何在的人,日子会好过得多!最好他们根本就不知道自己的弱点,明白吗?"

教授又心情欢快起来,一个劲地用铅笔敲打着桌子。克拉丽莎觉得,教授似乎从来没有这样兴高采烈过;平素他脸上总有一股哀伤的神情,总是忙忙碌碌,忙这忙那。克拉丽莎也给逼得笑了起来,差不多也想跟着开开玩笑,"而我的诊断呢?我简直自己都对我这案例好奇不已。我没有提出问题,只感到羞愧。"

西尔伯斯泰因突然变得一本正经,"您对于我而言,是个特殊的案例。您千万别认为,我没有深思过您这案例,但是这比解决我自己的问题要困难得多。观察变成一个职务上的事件,随着时间推移,甚至变得十分精准。但是我认为,您还没有达到大家都在观察的阶段。您竭尽全力,保持您内心的镇静自若,不要引人注目;话说回来,您的字迹也是如此。但是您的勃勃野心总是不露痕迹——甚至不让别人觉察。我观察到这点,如果您愿意的话——甚至怀有一点妒忌之心。您干这一切都是这样平静,这样稳健,别人给您什么,您就忙活什么;别人不给您什么,您也并不感到困扰。您怎么可能使自己内心变得这样稳定坚强,我常常问我自己,是什么东西使您保持内心的平衡?您可以泰然自若地坐着,这是您的惰性所致,甚至在您的主动性里也有一些消极性。您自己到底想要什么,这还没有充分发展,也许您自己也还不知道是什么。您是一个特殊人物,因为规律不适合您,或者现在还不适合您。我还没有在您身上找到一个萌芽,至少还没找到一个倒钩,我能用它从您身上抽出点什么东西。引起我注意的只是一种消极的态度,而其实您也有出风头的欲望。您把您天性中所有的一切都施展出来,达到极致,只不过您从不过分。您的确拥有一种消极的态度,您无所求,这就使您变得妙不可言。我要说:'别人几乎感觉不到您的存在。'另一方面别人也感觉不到您究竟是谁。您也许自己对此也感觉不足,我想……您还没有找到自己的事业,或者不如说,您的事业还没有找到您。但是,"——他很快就把话锋转到欢快的话题,因为他发现克拉丽莎变得严肃起来——"您说得对,反对的证明有它自己的方式。尽管如此:我并不放弃我的事业。您摆脱不了它,摆脱不了您自己。每个人自己的妄想都会触及他自己,只是要有耐心。您已经一度陷进了我的胡同,您也跑不了。反正像您这样深谋远虑的人,也可以为您自己在卡片柜里,设立一张卡片,虽说这张卡片还空无任何记载。亲爱的上帝却已经削好了鹅毛笔——好,现在谈完了智慧,轮到愚蠢了;我得穿上燕尾服去参加部长的宴会了。"

☆　　☆　　☆

这次谈话纯属偶然。只有一句话留下来,使克拉丽莎深思,甚至使她微微感到不安。这位训练有素的观察家用"别人几乎感觉不到您的存在,您也许自己对此也感觉不足"这句话说出了克拉丽莎自己所有这些年来模模糊糊地感觉到的东西。她在各个医院里、在各个学习班上和各式各样的男人们共事,有的是大学生,有的是医生;她和他们交谈,但从来没有发现,有人想要和她建立一种私人关系,她甚至发现,有些人在大街上都没重新认出她来。其他人往往在一次社交活动之后,开始互相以"你"相称,甚至于连她这个并不好奇的人也注意到,有些人之间建立了更加私密的关系,她则只好心灰意冷地放弃。心里认为,自己着实无趣,所以她大多保持沉默。她没法迅速找到应对的话语,虽说她比别人知道得更加清楚,于是宁可沉默,以示谦虚。在学校里情况并非如此;女友们需要忠告时,就会找她。特别是在她们觉得不幸的时候,但是她从不跟她们有亲密交往(玛莉蓉那次除外),因为她不想敞开心扉(她听着女孩们如何报道自己的冒险经历,别人如何和她们搭讪,她们如何写信,纸条如何传来),"别人几乎感觉不到您的存在"——这句话最好没有说给她听;无论她在哪里,她只不过是多了一个人,不打扰别人;另一方面,也不给别人什么启发。人们的谈话其实都从她头上掠过,以致她活到二十岁,没有别人,只有她父亲想念这个女儿,如今,只有教授想念这个可靠的女秘书。

克拉丽莎知道,别人没有感觉到她的存在,她并不为此深感遗憾。隐居收敛是她的需要,这点来自她的父亲。但是另外一句话对她触动不小:"您也许自己对自己也感觉不足"。最近几年,当年的这些修道院里的女学生大为露脸,从此克拉丽莎也了解了一些内情;起先她大吃一惊,后来就错愕不已,最后只是深受震撼,在那些半大不小的女孩身上已经可以看出,女人如何屈从于爱情,往往甚至屈从于性的困扰——有一次,一个十一岁的女孩就从窗口跳楼自尽。在婴儿护理所,克拉丽莎认识了一个不幸的母亲,她不知道谁是孩子的父亲;她和这个男人只邂逅了一次,晚上就委身于他,几乎都没有好好看看他的脸长得如何;那男人换了一个女人早就溜之大吉,理由非常充分。在那些医院里,克拉丽莎一方面看到许多病患,另一方面又看见护士和医生打情骂俏。最后她在这个神经科医生身上得以窥见那最震撼人心的实情。那儿有些女人,被一位演员迷得神魂颠倒,最后得让警察把她们从演员家里带走。另外有些女人争风吃醋,耗尽精力;有些女人发疯似的想要怀上一个孩子,碰到一个男人就献身。这把热情之火的匕首把别的女人的五脏六腑都搅得乱七八糟,可是碰到克拉丽莎,那匕首冷飕飕的刀刃连她的皮肤都没有划破。无论是在学校里还是在校外,克拉丽莎都不喜欢牛犊似的舔舐柔情。要是有个女同学亲吻她,她就觉得不自在,她可从来不让任何人看见她的身体。注意到她的那些大学生,也许觉得她品位高雅,聪明伶俐,但是没有产生和她联系的欲望;她绝无仅有地参加了一个欢快的晚会,在医院里下班以后,克拉丽莎和她哥哥一起到一家酒馆去参加一次有趣的军官聚会。大家痛饮美酒。洪亮的嗓音、优美的音乐使得克拉丽莎心情欢快,她感到自己心里也产生强烈的欲望,想和大家一样心情欢畅,不要引人注目地独自待在一边。有个军官身体靠着她,她没有把他推开,可是等到这个军官开始赞美她,克拉丽莎觉得他说的话俗不可耐,谎话连篇,再喝杯酒,再喝一杯,他们两人笑个不停,都不听对方在说什么,摆出欢快的样子,只想打破这个僵局。克拉丽莎像等待一场典礼顺序展开似的期待着即将发生的一切:现在这个军官要把胳臂伸到我的胳臂中来。现在他要压低嗓子,吻我。我将像只小猫似的偎依在他怀里。可是两人默不作声,什么事情也没发生;最后,她挣脱身子。她觉得那状况委实可笑。这一男一女突然眼睛闪闪发光,在一定的场合举止失常,毫无分寸。男的伸手去抓,女的转身躲避,最后还是被他逮住,因为这是故作反抗,半推半就。克拉丽莎此刻对自己十分恼火,因为她总是这么强硬坚定。对她而言,这种僵硬,这种压抑的态度无法打破,可是:在某些空虚的夜晚,她觉得自己是个女人,她看见自己在婴儿护理站如何握住一只长着小小手指的小手,那只小手抓住她的手不放,她的胸部感到一阵轻微的疼痛。如今已有二十年之久,她没有渴望过任何人,她没有渴求过任何人,一次也没有匆匆忙忙地钟情于任何人。她等待着自己的内心做出回答,可是她不回答她自己。她从来没有把这一切具体化。

和西尔伯斯泰因教授的谈话,继续在克拉丽莎的脑子里发生作用。她走在路上,甚至试图直盯着军官们看。她努力保持欢快的情绪,脸上一副一无所知的不言而喻的神气,可是等她回到家里,她看着自己和她的举止不再和平素一样,而是怀着一种微带羞愧的感情:从前别人称赞她可靠,现在她为此生气。她情绪坏透了。

☆   ☆   ☆

转眼到了五月,接着是一九一四年六月,日子过得平稳而又宁静。有天下午,克拉丽莎去上班,看见教授期待她的样子,觉得教授有事要告诉她。克拉丽莎心想:不会有什么好消息等待着她。

"我必须要彻底改变我的暑期计划,我对在卢塞恩召开的心理学大会'L'éducation nouvelle'①很感兴趣,那里有一组年轻人得组织起来,这就意味着可以期待会有绝妙的启发。大家得知道,年轻人有什么要求,他们对于时间具有更好的嗅觉,我不得不回绝,这真叫人恼火。我恰好收到了在爱丁堡举行的夏季讲习班的邀请,这件事情更加重要。真可惜,要想充当一个国际驰名的教师,就得作为个人多方接触。我很乐于看看洛桑大会的情形,可是分身无术,没法同时在两个地方出现!其实办法还是有的,只要你有幸拥有一个双身人当总管。""我想知道,您到底要说什么?""那就长话短说吧,您别害怕,我想对您做出安排。卢塞恩大会我感兴趣,这个大会是由法国人,由一批思想进步的教师发起的,大会设在瑞士,因为他们想趁此机会顺便在那儿参观一下裴斯泰洛齐②创办的几所不同的学校。从世界各地都有代表参加大会。儿童心理学是我的癖好,意大利和瑞典都有专家表示与会。所以我心想,您反正需要出去散散心,透透空气,您还从来没有离开过奥地利呢。要是身在国外,就会感到更加自由自在,思想也会更加无拘无束,人会感到轻松愉快。我知道您最善于做总结报告,谁也不及您那样清楚地知道,我特别需要什么,我对什么感兴趣。所以您去报名参加大会,您会乘车前去是不是?——当然,费用由我承担。谁也不必知道您是奉我的使命前去开会的。倘若您允许我给您一点忠告,您不妨再顺便观赏些什么——您也许可以往南走走去蒙台梭利学院

---

① 法文:新式教育。
② 约翰·亨利希·裴斯泰洛齐(1746—1827),瑞士教育家、作家、博爱主义者。

看看,也可以参观一下波登湖畔的瑞士样板学校。我会给您写几封推荐信带去的,这对我们两个都有好处,终于和病情诊断书毫无关系,并且试图让我们都更加健康一些。接受我的建议吗?"

不言而喻,克拉丽莎表示同意。六月底,克拉丽莎乘车前往洛桑。

一九一四年六月

前往卢塞恩途中,克拉丽莎先在苏黎世待了一天。只有在最初几小时她有点拘束。她是第一次全部仰仗自己,不依靠别人。这是她第一次出门旅行,睡在一张陌生的床上,感觉还颇为新鲜。她觉得,她的身体此刻在这里更加属于她自己;她在火车上也可以更加轻松自如地和一个女人进行谈话。在你觉得属于一个集体时,只感到共性。你是个陌生人,就更加强烈地仰仗自己。在维也纳,克拉丽莎曾是一位中校的女儿,是个女秘书。而在这里,她是一个年轻姑娘,穿着一件毫不显眼的设得兰羊毛衣裙,在大街上信步而行。往日一切听从习惯,如今又返回来,只靠她自己。不能时间待得更长,来发现新鲜的事物。对此她几乎产生遗憾之感。

克拉丽莎上午到达卢塞恩。还在维也纳的时候,她已经报名参加大会并且收到了事先印好的日程表。表上写明,她该到大会秘书处报到,那里会分配给她住处;她一路问了几个人找到了一幢古色古香的楼房,她觉得光彩照人,显露出前几个世纪瑞士人殷实富裕的生活,但是并无奢华。克拉丽莎走上打蜡打得锃亮的宽阔的木头楼梯,楼上便是一间舒适的房间,贴着木质护墙板。这房子想必曾经是这幢市民贵族府邸举行节日盛会的大厅。克拉丽莎问仆人,秘书处在哪里,仆人便用很难听懂的瑞士德语回答她,指了指一张办公桌。桌上堆满一摞摞的文件,桌旁坐着一位男士,正在帮一位女士填写表格。克拉丽莎有点腼腆,不好意思打断秘书的工作,便在几步外等着。这样她就有机会仔细观察这两个人。那位女士态度激烈,好像有些生气。她一而再地把日程表掏出来,似乎想要重新改动上面的某些细节。克拉丽莎从这位女士的发音和个别大声说出的字句,听出她大概是波兰人或者捷克人。这位女士又开始重新顽固地坚持己见,丝毫也不顾及克拉丽莎在场,这使克拉丽莎有些不悦。这位女士似乎想贯彻她的什么意图,秘书很了解这类歇斯底里的语气。他那毫不动摇的态度因而使克拉丽莎更加愉快。这是一位四十岁或者四十五岁左右的男子,窄窄的脸,有点病容,鼻子很漂亮,眼睛很开朗。克拉丽莎认为,有点像阿尔丰斯·都德①的一帧肖像,也许是那撮柔软的褐色胡子使她想起了都德。看来很明显,他得驳回那位女士的要求。可是他,也就是莱奥纳尔教授说话时声音却是异常柔和,态度极为讨人喜欢,可是不可动摇。以致这位情绪激烈的提出申请的女人发出的进攻,一时都被弹了回去。他之所以能被迫缓和对方任何顽固的坚持,全都仰仗着他那亲切友好的态度。克拉丽莎听见秘书几乎用一种充满柔情的嗓音说道,"Mais je vous assure, madame, il n'aurait pas plus grand plaisir pour moi que de réaliser ce changement."②那位女士

---

① 阿尔丰斯·都德(1840—1897),法国作家。其短篇小说《最后一课》广为流传,其中篇幽默小说《塔拉斯贡的塔塔林》亦脍炙人口。

② 法文:不过,我向您保证,夫人,对我而言,再也没有比做出这一变动更使我高兴的了。

激动之中没有注意到,秘书是在竭力装出一副欢快情绪,对方火气越旺,他就越发彬彬有礼。克拉丽莎感到,秘书以此为乐,在他的礼貌之中含有一丝轻微的嘲讽。这位女士似乎终于意识到一切都是白费力气,便气呼呼地站起身来,挥动她手里握着的手袋,打算怒气冲冲地向门口走去。这时秘书直跳起来说道:"Madame, vous avez oublié vos papiers."①随手把那位女士的文件递了过去。他回过头来看着克拉丽莎露出一脸淡淡的微笑,然后转过身来,请克拉丽莎到他的办公桌旁去。

这时克拉丽莎才向他走过去。他客气地请克拉丽莎在桌旁坐下;一时间,克拉丽莎感到他那开朗的目光也回到自己身上。克拉丽莎说,她是为了分配住处而来的,同时道出了自己的姓名。秘书把名单取出来,一看克拉丽莎,他就欢快地冲着克拉丽莎叫道:"啊,您就是来自维也纳的舒迈斯特小姐!这么说,您真的来了。好,我们得给您找一间特别高级的房间,一间君王下榻的房间。您是我们的贵宾,我们正热切期待着您的到来。"克拉丽莎不由自主地涨红了脸,生怕别人不知实情,她是作为助教,是奉西尔伯斯泰因教授之命前来参加大会的。"我想,这里想必有个误会。我怕,您是把我和别人搞错了。"可是莱奥纳尔笑道:"没有误会。您不妨自己瞧,我是十分好奇地碰上了您。……昨天晚上我在您的姓名旁边画了一个极大的惊叹号。我马上就可以告诉您,为什么。除了我们自己的同胞和瑞士人,没有多少外国客人。两周以来,外国代表纷纷到达;每个人都提出各种要求,要求特别的住处,临窗

---

① 法文:夫人,您忘了拿您的文件了。

可以看见湖上风光。让我们派人翻译他们的报告,事先把文章的节选送交报纸发表。有三位代表为此立即交出自己的照片。当然最要紧的要求是,每个人都希望在第一天晚上作报告,而不是排在第三天或者第四天晚上;关于餐桌上的席次问题,也显示了个人的虚荣心和民族的虚荣心。我在每个姓名后面都相应地记下了所有的愿望,拼命考虑到可能出现的敌意和冲突,昨天晚上,我眼前一亮,看见了您的名字。我就对我自己说:这一位绝对不会来。乘十二小时的火车远道而来,参加一个大会,不打算做个报告,只是为了旁听会议,这样的事情是不会有的,或许您还是带了一篇报告过来。您是不是想彻底毁了我的真诚的理想主义呢?!"

克拉丽莎笑了起来。这位秘书有一股坦诚的爽朗劲,使人感到特别轻松。"不,我的确只是来旁听会议。请您给我一间非常普通的房间就行了,要不然我会不舒服的。我也没带什么礼服,我希望我能在这里尽可能地无拘无束。"

"Accordé①,现在谈谈今天晚餐时的座次。您可有什么特别的愿望,想坐在什么样的邻座之间,说什么样的语言,您可想认识什么特定的人物?"

"不,我在这里什么人也不认识。"

"不对,还有我啊。您要是不反对,就坐在桌子最边上的座位上,那是离开那些德高望重的人物最远的地方,那样我就成为您的邻座。"

又有一位新来的女士出现在门口。克拉丽莎起身道谢,拿起

---

① 法文:悉听尊便。

她的文件。她的住处就在城里,紧挨着湖边:一间干净的房间,旁边住的是一位友好的女教师。是那种有着圆形屋顶的房子中的一幢,的确像瑞士人说的"舒适如家"。眺望湖面,柔软翠绿一片。下午大会开幕,与会者从四面八方涌来,大多是年轻的男女教师。法国人一眼就会被人认出,这是另外一种典型,柔弱温和。那位秘书又站在入口处,一拨人把他团团围住,都想打听一些消息。克拉丽莎又发现,他在混乱之中处理事情的那种欢快安静的样子,着实令人愉快。他对每一个人都客客气气,开开玩笑。大家心情都很舒畅(克拉丽莎不由自主地想到西尔伯斯泰因处理这些事情总是神情紧张,态度急切);不时还向克拉丽莎打个招呼,亲切地表示他已认出她来。大会的进程就和所有的大会一样:每个发言人都说得太长,一种沉闷的燥热弥漫着整个会场。尽管克拉丽莎法语掌握得很好,可是要想正确地理解一切,还是有些困难;即使下定决心,也于事无补——内容实在太多了。但是每天晚上的社交活动,给她做出了补偿。和她同桌的秘书总能使她心情欢快,克拉丽莎又重新赞赏秘书善于以无忧无虑的方式,来对待各式各样的人。对于那些沾沾自喜、酷爱虚荣的人,他总小心翼翼,委婉体贴;对于那些朋友,他就摆出志同道合的样子;在他身边产生了一种真挚亲切的气氛,克拉丽莎先前从来没有见到过这种气氛,这使克拉丽莎大大地减轻了人地生疏的感觉。克拉丽莎和一位来自图卢兹的法国女教师进行了一次长谈,用这种方法获得了很多材料,可以向家里报告。

  克拉丽莎听说,莱奥纳尔并不是大学教授,而是文科中学教师,只是在狄雍地方,这些教师都配有教授的称号。克拉丽莎很少有机会和莱奥纳尔谈话,尽管她在餐桌上感觉到,莱奥纳尔的目光往往友好地停留在她身上。大会第二天晚上,莱奥纳尔向她迎面走来,问她是否还有半小时时间,愿意在一家咖啡馆里和他聊聊,他有事求她。他们一起走进小河边的一家咖啡馆,里面还有几个老实巴交的市民坐着喝酒。莱奥纳尔开门见山,立即向克拉丽莎提出他的请求:"也许我向您提出的要求有些过分,我要求的东西,别人一般不会那么轻易就给予一个外国人。我要求的是您的信任和真诚。您并没有参加我们的组织,不过您可能已经知道,这个大会在一定程度上是我的事业。请原谅我的坦诚,我对任何人也没有像对您这样信任,因为您来开会,只是对我们大会的题目感兴趣——对我们内部的问题您并不感兴趣。平素我们的这些教师总是在法国的一座外省小城碰头,每年换一座城市。我建议这次把我们的范围扩大一些,邀请一些外国的报告人和客人来参加我们的大会,把开会地点放在国境线以外。我很想知道,您得到的印象——您的真诚的印象:您是从局外观察这件事情,而我则是从内部观察,从内部看见的是太多的琐碎小事。您越真诚,我就越发感谢您,越发愿意为您效劳。"

克拉丽莎思考片刻,"既然您真诚地问我,开了几小时会后,我觉得脑袋有些发晕。大会一下子安排的报告太多,尤其是报告的题目并不总是相互关联。"

"不错,"莱奥纳尔说道,并没有丝毫不快,"人性的弱点是,一旦让他讲话,他就没完没了说个不停。而我的弱点是,没有预先限制讲话的时间。请您接着说:您是否看见外国报告人之间有某种联系?您觉得有些启发会起作用吗?譬如那位瑞典女士所做的出色的建议?"

"我怕只会起部分的作用吧。她的建议已经被第二个报告,那个令人疲惫不堪的报告冲淡了一些,我觉得应该安排一次休息或者进行一阵讨论。"

莱奥纳尔凝视了克拉丽莎一阵,"您说的和我想的完全一致。请再接着说:您是否觉得我们的代表能完全听懂外国报告人略有缺陷的法语吗?您为什么微笑?"

克拉丽莎的确忍不住露出了微笑,她想起了一些事,影响她自己听报告。

"说吧——大胆地说。"

"其实这事也是自然而然。要是有什么事逗我发笑,您也不该生气——我时时刻刻感到,听众是教师,习惯于纠正别人的错误。每当一位报告人犯了一个发音错误或者句法错误,我的邻座就身体一震,她不得不使劲控制住自己,就仿佛她被人扎了一下似的,同样坐在我前面的那位先生也是如此。事后他们对那些作报告的女士们都态度热情亲切,猛夸她们的法文说得好。"

"而纯学术的收获呢?您有没有学到什么积极的新鲜的东西?……"

克拉丽莎迟疑起来。

"勇敢点……要真诚啊!"

"实际上,没有学到什么。"

莱奥纳尔身子往后一靠,"我也没有学到什么,我也根本没有期待什么。我所希望的,只是一种纯粹是气氛上的交融。大人物总是——隔开一个距离,才能欣赏别人。因为他们认为,亲近没有什么好处。我更喜欢小人物,他们是'大地的盐'。您在这儿看到的男女教师都是小人物,生活在最为局促狭小的环境里。要是没有人鼓励他们,他们就没有勇气自己发挥独创精神,越过国境线,到操另一种语言、使用另一种货币的外国去;我们为他们办理了减价车票,提供免费住处,想方设法消除他们的局促不安。作报告只是一个借口而已。您看见了那位瑞士女士,她就借用了这个借口。现如今,谁要是愿意,可以读到一切书面材料。我们已经不再生活在只靠口头语言来传播思想的世纪。他们所需要的是一种感觉,感觉到自己参加了什么事情。用他们这种生存的幻象,汇入到时代的洪流之中。您是生活在大城市里,您觉得微小的东西,在旁人看来却大若巨灵。对于许多人而言,这是她们一生中和他们说过话的第一位瑞典女人,德国女人,或者意大利女人。您想象不到,法国外省小城是什么样子。要是在那里生活,就是慢性死亡。一切,或者几乎一切,迄今为止都是意志。我们的国家其实是处于一种不断过滤的过程之中。我们的外省是把筛子,把那些反应比较迟钝的、比较沉重和粗糙的人留下来,而让那些比较精致、灵活机敏的人,随着洪流涌向首都;我们给予首都能量,给予首都张力,他们就在那里耗尽能量和张力。留下来的都是一些没有野心,没有动力的人……"

克拉丽莎凝视了莱奥纳尔一会儿,"而您自己呢?您自己为什么不到巴黎去?"

莱奥纳尔身子往后靠了一下。"我在巴黎待过。在我较早的野心勃勃的时代待了五六年。我当时是个社会主义者:激进的,甚至是最为激进的社会主义者,非常真诚的狂热的社会主义者。我为各种报纸撰文,在各式各样的大会上无数次地发表演讲。人们在党内把我推到前面,当时我很容易地就会当上代表,甚至为此做了职业的预备性的训练:我当了两年 R 部长的秘书。您也许知道他的名字;除了饶勒思①,没有人拥有像他那样鼓动人心的力量。他天赋过人,令人目迷神眩。我作为年轻人,简直把他当作神明一样的崇拜。他的演讲我都背得下来,我把他的照片挂在我的房里。您可以想象,我当上了他的秘书是何等骄傲。不久我就承担他的全部通信工作,为他接待所有来访者,事无巨细,都由我经手。在这一年里我学了很多,学得太多了。因为对他佩服得五体投地,我整个人都蒸发了。有些选民前来找我谈话,因为这位部长已经不知如何和他们谈话。我亲眼看见,为了取得权力得做出多少妥协,亲眼看见如何行动才能保住权力。我越仔细地观察他——甚至看见他在八月天的酷热之中,脱得只穿一件衬衫——我就越来越注意到,他搞这些小小的人事组合和党派的权力斗争,把自己的精力消耗到什么程度。任何效果只要时间一长,就会走样。他不再看书,不再学习,其实也不再活着,尤其是他不再自由自在。他反躬自问:我能做些什么?他只能通过持续不断地拉帮结伙,纷争吵闹,才能保住自己的位子;位高权重对于才能平庸之人颇为危险,不得不做力不从心的事情,这会使人的性格扭曲。我突然对于在大城市里竞选感到厌恶,一个劲地亮相表演,一个劲地给人许诺,一个劲地跟人握手;凡是使一个人在那儿可以幸福的事,我都为此

---

① 让·饶勒思(1859—1914),法国政治家、历史学家、经济学家、演说家,主张和平主义,第一次世界大战前遇刺身亡。

表示过感谢。其实我足以为两个人表示感谢,我当时还完全献身给党,我对我自己说,我得脱离这个机制。我在外省的某个地方可以做出更多的贡献。宁可和人性保持联系,甚至和我自己保持联系,也比待在波旁宫中,坐在圈手椅里要强。我要求把我调回到一座小城市里,我两次故意调动工作,于是我现在就坐在这里。"

"但是您不是说过,外省的生活犹如一潭死水。"

"不错,外表上是如此。但是因此之故,你的心里也静止不前吗?世界需要一个新的组织,得为此而努力工作。就像托尔斯泰,就像那些最优秀的人所做的那样。您瞧,你身处这样狭小的圈子里,我有这样的感觉,仿佛你塞满了这个空间。事情并不抽象,就像歌德说的:'你戴上千百万缕卷发的假发,穿上八尺长的袜子,你依然是你!'你认识你影响的那些人,你可以观察他们,静静地观察他们。因为我们静静地观察他们,我们在某些方面对他们的了解甚于巴黎的人。对于一个小小的影响范围也适用下面这条:总是从组织上来看大人物,看小人物则看人性。您仔细瞧一瞧这些小教师,我知道,他们穿着不合适的土里土气的衣服,戴着眼镜,小里小气,看上去有些可笑。您瞧一瞧,十来个他们这样的人:每个人都显得贫穷寒酸,可怜巴巴,可是他们聚合起来成为整体,却是一股了不起的力量:他们形成未来,他们组成地基。在你还没有完全用眼睛、用感官、用感觉掌握之前,单看外表,单靠乍一看就能看清的东西,你都会立刻看出这是正确的。因为问题就在,看你怎么看,从什么角度看,即使他是个可怜巴巴的教师。我希望,您能读一读我们那些渺小的杂志,它们加起来,一年的出版量也及不上《晨报》或者《费加罗》一天的销售量;可是在这些杂志里可以发现时代的脉搏是如何跳动的,您会认识真正的社会主义,真正的智慧是何物。每份大报都把活动范围拉得很大——其中心往往是一片空虚。我知道,我反对它们的意见,正如我反对这个要求一切都总结起来的时代的意见。但是从我的世界观出发,我必须反对这种意见。因为反对它就产生一种反抗。这些姓名是我们熟悉的,是您从来也没有在一份八卦小报上找到过的;这些人完全无所谓,别人对他们一无所知,这是我们时代的精神;即将临近大选的时候,国会议员们这才开始思考,于是跑去找他们:就用这种方法争取他们的选票。唉,我爱他们这些小人物,这些没有雄心壮志的人,这些从不大声喧哗的人,这些含蓄收敛的人,他们是坚定分子,或者正派人士。按照《圣经》的说法,世界就建造在他们身上。"

莱奥纳尔打住了他滔滔不绝的语流,克拉丽莎静静地等着。

"您瞧,可是这并不够,这并不是我所要的全部。事情并不关乎几个人,而是关乎整个人类。您们的歌德曾经说过,人群就像红海;手杖刚把他们分开,他们就已经紧跟着又聚拢起来。但是人群并没有确确实实的共同体。必须越过国界,影响到国外,影响越大越好。这个世界野心勃勃的人已经联合起来,他们互相鼓劲,彼此打气,社会主义者的领袖们进行互访。在您的国内,现在正在开一个会,工业企业家们有他们的康采恩,教授们有他们的大会。用这种方法我们大家都认为,我们是强劲有力的。只有那些小人物,那些安安静静的,毫无野心的人们,他们没有聚在一起,这是我们世界的不幸。他们永远是无名氏,他们彼此无所祈求。他们只希望到处都是正派人,这对他们而言也就足矣。只要大家能认真地待在一起,他们就觉得幸福,私下没有小算盘,不做广告,也不做买卖。世界上人们相遇,由共同的利益而联系在一起。倘若这些无名氏也要团结起来,情况将会如何。这些无名氏别无其他利益,只想安安静静太太平平地生活——这就是世上最大的力量。国家利益,阶级利益——它们在宇宙中会互相碰撞。——您瞧,这就是一个小小的尝试。我知道,这是一个小得可怜的尝试。但是得一而再、再而三地尝试下去。可是每个人都必须知道,他这样尝试并没有达到显而易见的目的,得汇成成千上万个互相接触的小圈子,只有到那时才算做对了。但是问题不在规模大小——相反,比例越大,里面包含的人性的和道德的内容就越少。我们的民主已经变得过于宽泛,社会主义也是如此。各种机构和组织取代了真正的共同体,我们必须学习谦虚谨慎,宁可缩回到小的规模、小的协会、小的团体,它们将团结在一起,当大的世界土崩瓦解之时。"

克拉丽莎思考了半天,这是另外一个世界:他那当教授当教师的雄心壮志发展到了极致;这事使她想起她的父亲。

"我知道,只要我能纵览一切我所做的事情,那就不会有任何危害。我建议组织一个联盟,组织一个聚居区,我不承担任何责任。"

"但是这样做出牺牲值得吗?因为您永远只看到微小的结果。"

"也许这样更加方便。"莱奥纳尔笑道,"可是请您不要说牺牲,我不喜欢这个字。我们又牺牲什么了呢?牺牲了自己,好——还能做点什么更好的事吗?你给人的,是你身上所有的,也不问为什么;谁若只想捞进什么,不会给出足够的东西。有一样东西不会送掉,那本质的东西:他的自由。因为没有可以不负责任的人性的自由。蒙田①(我在人生的一切境遇之中的朋友)说过:'Il n'y a qu'une chose rester soï-même.'②问题的症结点就在这里。不在于你付出了什么,为何有这些付出,而在于你还留下什么,你自己还是什么。这都不是看得见的成功,统计表也不把它统计在内。我讨厌统计表,也许统计表表现出来的每一个成功,一个比一个更自私自利。部长是我的朋友,他坐在多数人一边。我也坐着,和您坐在一起,就看怎么个看法。谁更强大?两个年轻人,他们干的事超过选举时占大多数的一万七千张选票。不错,您不妨读一读:De l'ambition③,于是您就明白,为什么我待在我的外省小巢里,无声无息,但是自由自在。Vive la liberté!④ 谁知道,什么东西让我变得这样唠叨个没完,让我们干杯吧!"

莱奥纳尔活跃起来,"好——现在您可听了一篇私人报告了,也许您从中对法国了解了一些,下次您得跟我谈谈您自己。"

☆　　☆　　☆

第三天开始克拉丽莎感到疲惫不堪。她不习惯于老是待在人群之中,晚上还总是有个宴会。这一切对她而言都过于新颖。第四天,六月二十八日,一早,她似乎觉得又会遭遇什么费劲的事,可是户外是碧波万顷的湖面和明媚璀璨的山峦,虽说大会结束后安

---

① 米歇尔·德·蒙田(1533—1592),法国作家,哲学家。
② 法文:一事须注意,保持你自己。
③ 法文:论野心。
④ 法文:自由万岁!

排了一次前往瑞吉峰①的集体郊游,可是克拉丽莎渴望独处,她产生强烈的愿望想好好思考一下她得到的所有印象,她在堤岸行走时就踏上第一艘船,向湖面驶去。船上只有一半乘客,真正的旅游旺季还没有开始。每一个停留船只的小码头,都耸立着明亮的房屋。男人们坐在屋外或在屋外工作。"这些小人物,"克拉丽莎回忆起昨天的谈话,心想,"对于这些人,人们还一无所知。这就是我们——不计其数的芸芸众生,散布在世界各地。我们别无所求,只希望度过我们卑微安宁的生活,在这里或那里,在各个地方。"克拉丽莎根本就没注意小船停泊的那些地方的地名,看也不看她的地图,根本不想知道,这些地方都叫什么名字,她只想感觉。这些山都存在在那里,山就是山,她不想知道山有多高,只是观赏山的形状。她不想知道,这些人是谁,这些人生活在这里,以他们寂静无声的生活,增添这个世界的美丽和意义。

按照计划晚上八点是共同的告别宴会,所以克拉丽莎在七点钟就倦游归来,身心得到满足,心情平静似水;她的女房东,那位友好的女教师迎接她时告诉她,有位先生来打听过她两次。宴会前他还会再来一次,请她等他。克拉丽莎都还没有时间更衣,莱奥纳尔已经来到。一副焦躁不耐、情绪激动的样子,克拉丽莎还从来没有看见过他这副模样。就在克拉丽莎还在更衣的时候,莱奥纳尔就在门外请她动作快点:事情非常紧急,非常重要。克拉丽莎刚走进小小的会客室,莱奥纳尔都来不及向她好

---

① 瑞士中部的一座山峰,属于阿尔卑斯山脉前麓。自18世纪起,成为欧洲著名的观光景点。1871年,瑞吉峰建成了欧洲最早的齿轮轨道火车。

好问候,就开口说道:"请您听着,您得跟我一起走。发生了一点极不愉快的事情。我不知道,您读到紧急公告了没有——贵国的储君弗朗茨·斐迪南,今天和他的夫人一起在萨拉热窝遇刺身亡……"

"遇刺身亡?"克拉丽莎大吃一惊。

"是的,在视察途中或是在演习之际遇刺,刺客是恐怖分子或者民族统一运动分子,反正是些犯罪分子。这个消息像个炸弹似的传到我们最后一次委员会会议之中,会议正要决定告别宴会上的几个演讲。您的同胞库切拉博士女士一时失控,开始大声叫喊:必须把这些匪徒,这些塞尔维亚人统统消灭,这是一个杀人放火的匪帮,他们刚把自己的国王谋杀①……接着塞尔维亚的代表基莫夫女士跳起来表示反对,向库切拉女士直扑过去。我真羞于说起,这两个女人互相说了些什么话。"说到这里,莱奥纳尔愤怒得嗓音直颤,气得脸色刷白,"简直惨不忍睹:这两个女人当着我们大家的面互相辱骂,活像市场上的女商贩。我们试图让她们平静下来,可是白费力气。最后库切拉女士宣布,她再也不和这个杀人凶手的民族的成员坐在一起。她是一名军官的女儿,她不和这样民族的成员同坐在一张桌子旁边,说罢悻悻离去。您难以想象,这对其他人产生什么样的影响。这些搞政治的女人见鬼去吧。我指的是

---

① 塞尔维亚国王亚历山大一世(1876—1903)在位期间,与比他年长十二岁的寡妇德拉迦·马欣结婚,引起朝野上下极大不满。这对夫妻没有子嗣。亚历山大在政治上极为保守,并且追随俄国沙皇尼古拉二世。1900 年突然宣布,立王后的不得人心的弟弟为继承人,遂使国王遭人反对,尤其是军队的反对,于是发生暴乱,国王夫妇被杀死。

这些野心勃勃的女人。野心是男人的专利,若在一个女人身上,野心就扭曲成了漫画。你在这儿好不容易建造了一点什么,试图把人们团结起来,变成一种事业。他们却互相追究罪责——永远是这种国家观念的妄想,它把一切全都推翻。用国家、人民、民族,这些看不见的抽象的东西,来对抗活生生的东西。啊,这是一种耻辱,一种耻辱,我感到无比羞愧。"

克拉丽莎是第一次看见这个男人丧失勇气,在他的目光中流露出深切的悲哀。"糟糕的是,恰好是这位库切拉女士今天晚上将要代表外国的代表们致谢词——是她自己主动提出要致这篇谢词,本来根本就没有人推举她讲话。如果今天晚上她缺席,在主餐桌上她的席位就会明显地空在那里。您想想看,这会产生什么样爆炸性的影响。我们的代表们深信不疑地兴高采烈地前来开会,这样他们就会发现,我们所有那些关于互相谅解,国际友谊的话语完全是一派空洞的胡言。只要稍有微不足道的机会,这些刚刚开始建立的联系就会立即被扯断。这事会马上见报,成为街谈巷议,几个星期的工作就此彻底破坏。我们的代表不是加强了相互之间的信任,而是带着一个恶劣的印象,是啊,带着恶劣至极的印象回家。这个爆炸性的消息必须想尽办法予以制止,您必须帮助我,您必须想法让您的这位激动万分的女同胞明白,恰好今天晚上她不得缺席,您必须好好和她谈谈。"

克拉丽莎思忖了片刻,"如果您坚持,我当然愿意试试看。不过我有一种不祥的预感,这位女士,这位库切拉博士我认得,她是维也纳人称为'百有份'的那种人,什么小组,什么社团她都有份,但是她对每项事业,只有在它可以变成'她'自己的事业时,她才感兴趣。我可以设想,我们也许可以争取到她今晚讲话。但是她那时会说什么,我可没把握,一点把握也没有。即使昨天晚上我也不怎么清楚。我们坐在一起谈话,我觉得非常舒服。这时那个俄国女人到我们身边来——我到那时为止一直认为,别人是用这幅图画来捉弄自己,可是我清楚感到,每个民族是作为一个小齿轮添加到世界这个巨型齿轮上去的——我们还是一起去找她吧。"

他们两人一路同行。莱奥纳尔火气很旺,心情无法平静,"并不是这个别的原因,"他紧握双拳,"事情关乎他们该死的民族主义,它让各个党派分崩离析。国家之间都是如此。它毁掉一切。就是这邪恶的东西,它把个别的祖国,凌驾于所有的东西之上。我们硬被扯进我们这些爱国主义者的蠢事之中,扯进爱国主义狂。我们努力使自己诚实而有善意,这对我们又有什么好处,如果上面的一小撮人不愿意如此。他们又凝望着另外一面旗子,犹如公牛瞅着红布。我们必须摆脱爱国主义狂,让这些爱国主义者见鬼去吧!"

"不过您自己也属于一个祖国啊,您是法国人。您自己也在乎能够建设法国。"

"是的,我是法国人。但我并不是摩洛哥人,谁也没有要求我这样思考。从一九〇七年起,自从我们兼并了肖亚地区之后,人们普遍地要求我们这样思考,尽管我们并不认识阿拉伯人。这对于我们国家的生产非常必要,我们需要原料。康博尔加是个男人,是个工人,是个市民,是个农民吗?康博尔加拥有什么?俄罗斯拥有什么?巨大无朋之物。我们必须学习,用概念进行思维,譬如像大国地位。而我们没法把我们自己放到别的任何地方去,只能待在我们实际存在的地方。你没法让你挪动一步之遥,只能在你的心脏所待的地方。我们必须有意识地,的的确确地用我们的脑子思考。我们必须老老实实。法国确实就是我们,还有奥地利和塞尔维亚。我们这些小人物什么也不是。但是他们想把我们拽进他们的利益之中,充当他们的炮灰。这里的地面、泥土、语言、艺术,这就是法兰西,而不是康博尔加、圭亚那和马达加斯加。它们和我们一点关系也没有。我在那儿觉得像个农民一样愚蠢。最后我说,这和我有什么关系。必须单纯地思考才能正确地思考,必须教育自己摆脱这种妄想,变得非常简单,非常诚实。我说了,这跟我有什么关系。"

他们边说边走,说话间已经走到饭店门口。他们叫人通报,回答是:库切拉博士女士深感遗憾,无法接待任何客人,八点钟她将乘车回苏黎世,她现在必须收拾行李。

莱奥纳尔和克拉丽莎站在饭店的大厅里,一声不吭。莱奥纳尔脱下了帽子,克拉丽莎看见,他的头发湿漉漉地粘在太阳穴上,他看上去心力交瘁。"我已经没有什么办法了,我没法再改动日程表,再过一刻钟就得讲话了。我只好说:她病了。可是我不说谎话,谁也没法逼我说谎。再说,说谎也无济于事。这个形势会毁了整个晚会,每个人都会瞪着眼盯着看那个空座位;格雷诺布勒教美术的那个女教师,总是坐在钢琴旁的那位善良的公立学校的教师。我把他们大家找到一起,为了他们给领事馆写信。是啊,这些小人物——他们多么快乐,多么富有献身精神地准备做点什么事情——他们像孩子一样地兴高采烈——应该发表一个全欧洲的声明,这时,我们的普恩加莱①先生前往巴黎,为了巩固一个军事联盟,三国同盟。都是那个好样的维伯尔小姐的该死的念头,她要在后面的墙上用颜色、旗子和徽章把每个民族都表现出来;她为此足足花了三天时间。现在库切拉女士的座位空着,所做的一切全都白费。两个蠢女人把一切全都毁了。每个人都想要在自己的圈子里发生作用,都应该这样发生作用。五十个年轻人都聚集在这里,代表了五千人,一万人。现在他们一无所获地回到家里,他们想乐观地显示,他们大家团结一致。再过一刻钟晚会就要开始,现在什么也都干不成了,总不能干脆把布景全都撤走吧。朋友们也花了足足两个夜晚的时间把布景画到硬纸板上去,再说现在已经有人走进大厅了。"

克拉丽莎看到莱奥纳尔一脸绝望,她第一次看到一个散发出那么多自信的欢快情绪的人,如此垂头丧气。莱奥纳尔站在那儿,一个劲地把帽子从一只手倒到另一只手里。克拉丽莎考虑,她能不能出点力气,尽可能地隐姓埋名地出力。"也许还能做点什么吧,如果大家都聚拢来——您瞧啊,这些人的样子是多么感人啊。"

"怎么?难道叫我去乞求这个渴望复仇的库切拉,她根本就不再接见我,就像她是个扮演部长的人物,如果让她讲话,谁知道,她会说些什么?我真恨不得找个地洞钻进去才好。"

"您必须干脆对他们说几句,公开而又清楚地说,发生了一点

---

① 雷蒙·普恩加莱(1860—1934),法国政治家,1913 年至 1920 年任法兰西共和国总统。

误会。您必须谈到,不该去做什么。"

"这样只会使他们更加注意。"

这时克拉丽莎直视着莱奥纳尔,"我的意思是……有一条出路……我虽然不是代表,至少不是公开的代表……但是我毕竟也是奥地利人,而且是大会的客人。"

莱奥纳尔直跳起来,"您愿意去坐她的座位?这我可没有想到……这下妙极了……一切都得救了,我是多么傻啊……这可是个圆满的解决办法,另外……另外您是不是也可以说几句话呢?"

克拉丽莎犹豫起来,"我从来没有在公开场合讲过话……我总需要做些准备……我得先写个草稿。"

"没关系,没关系,正好相反:您用不着写什么草稿。您说得越简单越好,这就不会空话连篇,反正别人说得已经够多的了……您真的愿意讲话吗?"

莱奥纳尔注视克拉丽莎的神情是那样热情洋溢,克拉丽莎不由得脸上泛起一阵红晕。

"我试试看吧。"

莱奥纳尔霍地跳了起来,好像被什么东西咬了一口似的。他忘乎所以,在大堂当中就抓住了克拉丽莎的两个肩膀。克拉丽莎觉得,仿佛莱奥纳尔想控制住自己别拥抱她,"您真棒,真是一个杰出人物,真正的同志。我一开始就感觉到了,不错,我们感觉到,您真够朋友。这种感觉真好,我们正觉得一切全都完了,命运却把一个贵人给我们送来,我该怎么感谢您才好?"

他的目光凝视着克拉丽莎,充满了真诚和温暖。克拉丽莎同时感到他的双手搁在自己肩上,她还从来没有感觉到一个人会流露出这么多坦诚的真情。"这样我至少不至于感到,我白白地到这里来了一趟,现在您还把我偷运到您提供给我的荣誉席上去。"

☆　　☆　　☆

晚宴的过程十分圆满。克拉丽莎简单地说了几句致谢的话,丝毫也没有给人临时凑合的感觉,她的讲话引起众人热情的反响,塞尔维亚的代表们也纷纷和她握手。没有一个人发现方才发生了什么意外事件。接着,莱奥纳尔还做了一个欢快的演讲,大家都感受到他流露出的对大会成功的喜悦。瞧他描绘这次大会的神气,多少有点像塔拉斯贡的塔塔林①。大会至此实际上已经结束;大家得到通知第二天共同去瑞吉峰郊游,这其实是一次朋友之间的聚会。一艘马力最足的轮船供他们支配,在前往维茨瑙的途中已是一片欢声笑语。莱奥纳尔很少看见克拉丽莎,他得安排一切,到处张罗。作为实际上的 Maître de Plaisir②,他得消除一切小小的麻烦,这个景象实在令人动容。这些教师当中,有些人还从来没有乘坐过这样一艘轮船,他们觉得真是妙不可言。瑞士人竭尽地主之谊,在轮船停靠的每个地方都让当地的孩子们身穿民族服装来欢迎他们。大家唯一担心的是天气,一阵狂风吹过,推来一堆浓云,瑞吉峰自己——看上去似乎——不久就取下帽子,就是它头戴的那顶云雾缭绕的白帽子。有几个乘客赶紧系上围巾。轮船先驶向弗吕伦,然后折回到退尔③生活的那些地方;克拉丽莎和几位法国

---

① 都德的幽默小说《塔拉斯贡的塔塔林》中的主人公。
② 法文:娱乐总管。
③ 威廉·退尔,瑞士民间传说中的英雄,即席勒名剧《威廉·退尔》的主人公。

女教师聊着天,向她们讲起退尔的传说。她最喜欢他们当中的农民,她眼睛望着他们,她果然用和从前迥乎不同的眼睛观看他们。这都是些小人物,这一眼就可以看出。他们身穿防雨衣、奇怪的民族服装、农家的围裙,配上黑色的有点油腻的外套。他们从祖辈那里学会了勤俭节约,他们的望远镜可能就是祖父用过的旧物,针织的口袋想必是祖母传下来的。他们中午饭吃的就是简单的黄油面包。但是他们大家都笑容满面,兴高采烈。——眼前是湖面,坡度和缓的山岗令人惊叹的洁净,这是他们投向这个世界的第一道目光。有几个人拿起相机拍照,但是他们拥有的一切都出奇的便宜。和他们在一起,你会最直接地感觉到生活的乐趣。克拉丽莎不由自主地要想起他,想起莱奥纳尔。他把这一切都不言而喻地吸收进来,像兄弟一样,当火车沿着齿轨铁道把他们载上山去,一切对他们而言都变得奇妙无比的时候,大家才真的兴奋起来。许多人都全副武装,身穿斗篷,头戴便帽,仿佛去进行一次北极圈之游。空气中喊声不断,"快看啊!"大家互相指着两旁的花卉。在阴凉地方,他们发现了一块冰,他们把望远镜传来传去。他们享受着山风的芳香,听见山下有一座教堂传来凝重的钟声。他们围着一位地理教师,听他给大伙解释一切。突然在这山顶上出现一片浓重的云雾,把他们全都裹得严严实实,身旁的人都看不见了。大伙大声嚷嚷,乱叫一气。这可是桩冒险奇遇,撞见鬼影憧憧,有人用法文大叫一声"Henri"(亨利)。紧接着傍晚时分,天空仅仅只泛出一点淡淡的红光。莱奥纳尔只好使劲把大伙往回驱赶。大伙跟着往回走,面孔被山风吹得红扑扑的,真像是孩子的快乐(克拉丽莎回忆起她在修道院时做的一些山间漫游)。而实际上,这里都是成年人,里面还有胡子花白的男子、身材瘦削的女子,因而更加动人心弦,就仿佛他们是跟着神父走进教堂。这一切,克拉丽莎一直觉得殊为浪漫。可是现在她已经和这些人打成一片,她不由自主地想道:"这些小人物,他们马上就要放声歌唱!果然他们唱起了《马赛曲》,他说得真对。我们必须让他们,让这些无名氏们得到启蒙,因为我们关心他们。今天还有另外一些人一同郊游,可是这些娇生惯养的人,他们又知道什么?只有那些节衣缩食的人才知道这一点儿幸福,我们就和他们一起真正建造这个世界。"

在回家途中,克拉丽莎在船上怎么看这些人的快乐也看不够。他们突然换了一个样子:他们的目光放射出乐于交际的光芒,尽管他们坐在会场上一本正经,走在大街上却十分活跃,极为好奇。克拉丽莎觉得,他们的目光似乎在这期间变得更加明亮;她和他们一起欢笑,也和其他人搭讪。平时她有心理障碍,绝对不会找人攀谈。两位来自蒙托邦的女教师坐在她身边;这样她也可以和外部世界建立一点联系,也给别人一些温暖,向他们吐露一些心声。她和修道院学校的女生在同一个寝室里住了六年,她当年不可能这样直视这些同学。她有强烈的愿望想向人倾诉,尽管她没有多少话可说。她突然心想,别人也许会这样想她:"她可一点儿也不感到羞怯。"这个经验就像寓于她心中的修女,她感到那是修女,就像她看出莱奥纳尔是个朋友一样,她在参与大伙的欢乐时,在敞开心扉,毫无保留地与人交往时,感觉到自己的存在。她从来也没有像现在这样强烈地感觉到阵阵清风吹拂她的胸膛。

阿尔卑斯山的晚霞开始燃烧起来,云彩起先光线渐弱,如今射出玫瑰色的光芒。轮船渐渐驶近卢塞恩,大家也都逐渐安静下来,郊游已使大家筋疲力尽。渐渐地,落日西沉,一股凉意悄然升起,大家的面孔越来越不清晰。彼拉图斯峰还依稀可见,只消一点微弱的光线便可显出它的皇冠似的山顶。克拉丽莎站在甲板上回头眺望,她想振作精神,她清楚地意识到,她在这个世界上已不是孤身一人。有个淡淡的人影向她走近,莱奥纳尔坐到她的身边;这一刻,克拉丽莎感觉到,她刚才想到了他。莱奥纳尔善于散发温暖,单凭他那宽阔的肩膀和他柔软的胡须,就能给人温暖;他成功地给这三四百个人创造了快乐。他定睛看着克拉丽莎,他自己显得相当欢快,但是颇为疲倦。克拉丽莎向他表示祝贺。"可不是,一切都很顺利,"莱奥纳尔非常开心地说道,"没有发生意外事件,现在我也可以稍稍高兴一点了。等到轮船靠岸,我为'我的羊群'该尽的责任也就此终结,然后我又可以完全属于我自己。"克拉丽莎跟他说了几句真诚亲切的话语,说她关切地观看他的工作,他完全可以感到高兴。莱奥纳尔接着说:"不错,我是满心欢喜,您说得对,但是我有这么多快乐干什么?对我一个人而言,这些快乐委实太多了。我习惯于得到比较微薄的份额——平素晚上有本书,有个朋友,有封好信,有点音乐,其实这就是我的幸福。要是有更多的好事,我反而不知拿它们如何是好——我要把它们往下传送,这一切对我而言就是巨大的快乐。我有这么多快乐怎么办才好,我就会双手发痒。我要是一个瑞士的一名阿尔卑斯山的山民,我就会用假嗓子扬声高唱;一个真正的法国人就会痛饮葡萄酒。要我昂首阔步地正步前进吗?有这么多快乐该怎么办?请您给我点忠告,您总知道该做什么。"克拉丽莎微微一笑,她发现莱奥纳尔很难接近,更不容易敞开心扉,不过容易和她谈话。"我很乐意和您待在一起,但是您高抬了我,我其实只会使您感到无聊。我读书不多,我肯定没有权利来参加大会,我一直生活在狭小的圈子里。"

莱奥纳尔一直眺望着湖面,"您明天乘车回家了吧?"

"不,"克拉丽莎说,"我的假期现在刚刚开始,这次大会只是我做这次旅行的借口而已。即使一切都搞砸了,我也不会后悔。也许现在这样,正好是能够得到的最佳后果。"

莱奥纳尔思忖起来。他看上去仿佛想说什么,既然大家这样好地相聚一场,应该说句好话作为临别赠言。他要是个虚伪的人,也许会保持内心平衡,举止态度就会和一个正常人一样。说也奇怪,能够自由谈话的成年人多么稀少啊。

"谁知道,您到哪儿去,谁知道,我是否还能再见到您一次。我想和您说点什么,可我不愿意向您说些谎话。我不喜欢说大话,可是您知道:和您待在一起,我总非常快活,我从而对我自己也对整个人生更有了信心。我一向判断人只是看,他们是否能使我更好。我现在只问,我和他们在一起时,我自己是否感觉更加舒畅。"

克拉丽莎感到心里一阵强烈的感情涌动。莱奥纳尔身上平静的、人性的部分在向她诉说,她不由自主地摸了摸肩上昨天莱奥纳尔一时出于强烈的感激之忱,用手臂握住她的地方,他俩之间用不着任何充满柔情的甜言蜜语。一切都诚恳而又清晰,彼此似乎有责任,在临别时互相说些实话。

"是啊,要是我们以后不再相遇,我也会觉得遗憾。"

湖水从船舱旁流过,轮船的机器在开动。他们感觉到自己的呼吸。

"您老实说吧。事情不是全在您、全在我们自己吗？我还有好几天,好几个星期有空,我很乐于到山里去走走,做些远足,参观几座城市。您不也这样吗？我这一生中很少感到像现在这样快活,一连几天,好几天,能向一个人讲讲心里话！您愿意把您的计划告诉我吗？我心里很愿意和您一起再待几小时,再待几天。作为好的伙伴,我想到处漫游,还不知道到哪儿去,可能在途中,我又在一座小城市里遇到您,您又这样坐在一家咖啡馆里……我们可能再次在那里相遇,我们也可能去访问同样的一些城市,一起进行一次远足。"

克拉丽莎凝望着莱奥纳尔,平静地说:"我很乐意。"

岸上的灯光越来越近,莱奥纳尔站起身来,"我谢谢您,现在我得去照看一下我的人了。我还得去结账。明天一早吧,那么就明天早上我们再谈一次,我谢谢您。"他伸手给克拉丽莎,就仿佛握手保证实行诺言。

克拉丽莎望着他的背影,看见莱奥纳尔迈着安宁轻盈的步履远去,一股暖流流贯她的全身。莱奥纳尔没有说一句假话,另外每一个人都会射出拒她于千里之外,使她狼狈不堪的目光。莱奥纳尔的目光,是她乐于接受的第一道目光。看到他的目光,克拉丽莎感觉到一种缠绵的柔情蜜意。

一九一四年七月

第二天,他俩约好共同进行一次远足,前往文格拉尔普,仅此而已。他俩相互之间还有所顾虑,至少不好意思让对方做什么事,可是紧接着他们就决定作第二次郊游。从这天开始,他俩就彼此不再分开了。这是一种出自内心深情的两人世界,没有狂野激情的表面流露,就仿佛他们历来就是这样,不是别的样子,也永远不可能是另外的样子。莱奥纳尔在第一天,就马上无比坦诚地向克拉丽莎讲述他的家庭情况,根据文件和法律,他都是有妇之夫。但是他的妻子在六年前就抛弃他了,他妻子爱上这位年轻的政治领袖,更多的是爱他有可能青云直上,而不是爱他本人。因此她在丈夫虔信政治的时代帮他实现他的勃勃野心,然后她自己也野心勃发。在丈夫步步高升的时候热情洋溢地为他工作,怀着平庸的女人惯有的目标,只要丈夫的目标和她自己的愿望朝着同一方向,她就帮助丈夫一同向前:莱奥纳尔取得部长秘书的职位不是靠他自己的能力,而是多亏他妻子坚忍不拔、聪明机智的外交手段。可是对他退出政坛,他妻子便无法理解。他到一个小地方去当中学教师,他妻子就完全不理解他了。人们有时候做出牺牲,但根本不明白牺牲的意义何在。他妻子大失所望,因为他没有遵守向她做出的允诺,这种失望情绪转变为对他本人的失望。"因为我们两个人全都野心勃勃,我们才走在一起,可是我使她大失所望。"妻子借口看望她的母亲,就在巴黎一待几个星期。莱奥纳尔并不沉湎于这样的错觉,以为她在巴黎另有所属。就这样两人既无协议,亦未离婚,就分居两地;这很符合莱奥纳尔的自由观,给他妻子自由;在他们两人之间并不存在敌意,只要他妻子向他提出离婚的要求,他就准备同意;但是他妻子觉得,在巴黎被人称为已婚妇女要方便得多。这个表面上的家庭究竟住在哪里,对于莱奥纳尔而言完全无所谓,因为他们夫妻两个并没有要孩子。莱奥纳尔把这一切都一五一十地告诉克拉丽莎,没有丝毫美化。克拉丽莎理解,他不想在她面前有任何秘密,丝毫不想唤醒她的希望,觉得他向她道出真实情况目的是想追求她。莱奥纳尔并没有死缠烂打,一味追求;克拉丽莎感到,这是害羞在作祟,而不是抗拒柔情蜜意。莱奥纳尔不想勾引,也不想催逼,只想警告,克拉丽莎得完全自由地进行选择,做出决定,她是否愿意委身于他。克拉丽莎知道,即使她自觉自愿地委身于他,这也像是在尽责任。但是她也感到,其实自己很是渴望,却假装抗拒。这种半推半就很是丑陋,同时她也对莱奥纳尔有一种感激之情。此人消除了她心里的压抑和胆怯以及各种心理障碍。因为这样一来她的孤身独处,紧闭心扉的状况就此结束。在第四天晚上他们两人终于结合,相互之间没有说一句缠绵多情、言过其实的话语。

以后几个星期他们生活在全然忘却时间的状况之中。他们徒步沿着科默湖往南走,把他们小小的一点行李先送到了下一站。他们只想无拘无束不受干扰,他们反正知道,没有身负任何责任。

有一次两人发生争执:究竟是星期三还是星期四;这是他们绝无仅有的一次争执!"要不是我们不得不坐火车,我连我的表也不上弦了。单单时间、日历都是一种压力。"因为他们手头并不宽裕,总是在小旅馆和小城市过夜。莱奥纳尔向克拉丽莎说,他们要尽量避免到大城市去。那些博物馆和图书馆并不是他想参观的地方:他想看的是小城市里的小人物。他们就去走访这些小城市,而不是去参观贝拉基阿①和埃斯特的别墅②。他们待在织绸者的城市里,那里从来没有外国人问津,其实那里也没什么东西可供瞻仰。他觉得重要的是,譬如和鞋匠谈谈,到乡村学校去看看。他们甚至走访了一些家庭,莱奥纳尔了解他们收入如何。他们两人和种葡萄的农民聊天,坐在他们房子前面。"他们也属于这个国度,所以你们国内的人没法笑话你,似乎你对意大利什么也没看到,没有看到帕维亚③的契尔托萨④,没有看到威尼斯的阿卡德米亚⑤,他们不会知道,我们都到了哪些地方。这些小地方并不重要,我也要把它们忘掉。对我而言,它们的名字叫'到处'。一个国家并不因为它有一些伟大的死者而具有分量,而是因为它的活生生的人而显得重要,完全不是根据上层人士和最高层人士而长存,而是在无名氏的身上得以永生,我就到处寻找这些无名氏,一味寻找不同寻常的东西是错误的。"他说,"有一种错误的尺度,提到拉文纳,

---

① 贝拉基阿,意大利的城市,风景优美。
② 埃斯特的别墅,坐落在科默湖西岸,为文艺复兴时期的代表性建筑,1873年后成为豪华饭店。
③ 帕维亚,米兰南边的城市,有欧洲最古老的大学之一。
④ 契尔托萨,为帕维亚北部著名的修道院。
⑤ 阿卡德米亚,威尼斯著名的博物馆。

在旅游指南上只标着大教堂、莱奥纳尔多①,别无其他。便是在这儿,我们也只是从强劲有力的人和物旁边走过,并未驻足观看。因为真实的东西是无名的,是小人物,是我,这就构成了我们。"他们记着笔记,散着步,写写日记,"我把我看见的东西记了下来,渺小的东西。这件事我已从事了十年;我后来从这些零碎的断片知道许多事情。英国有个人名叫萨缪尔·皮普斯②也这样做过。这些记录起过重要的作用,远远胜过长篇大论的演说和篇幅浩瀚的书本。这些东西必须进行辩护,掩盖秘密,而我们必须揭示一切。我们,也就是小人物,我们也可以奢侈一把,即奢侈地谈论真理。因为细节形成了历史,实质就在这里,这就像一本家用账本,要是自己不能生产什么,就得以勤奋、仔细来补偿,这也能发挥作用。"

克拉丽莎从来也没经历过这样一种幸福。恪守本分,正直诚实,就像在她父亲身边那样:她体验到这点,这也渗入到她的心里。她学习着理解,学习着把一切都看得很淡。她从中并没有养成一种虚荣心,而是一种欢快情绪,来自沉着自信的欢快。她甚至自己做饭,他们无论走到哪里,就在闲暇中收敛心神,"一小时不思不想!这并不是浪费光阴。"现在她无所渴求,活着就好。她的父亲因为野心勃勃而殚精竭虑;(她的教授读到这样的独白定会哑然失笑)莱奥纳尔的愿望只是消除自己的痕迹。克拉丽莎听说莱奥纳尔已经写完了两本著作,正在写作第三本书;他没有用自己的名字发表他的作品,当地没有人不知道,他就是那个米歇尔·阿尔

---

① 即莱奥纳尔多·达·芬奇。
② 萨缪尔·皮普斯(1633—1703),英国海军官员和国会议员,因其日记而享有盛名。

诺,这符合他"无欲"的性格。在他身上,一切都保持平衡。晚上他给克拉丽莎讲故事,或者念几段蒙田的作品给她听,"每个人都有一个心爱的人,蒙田是我的导师,给我帮助,我和他融为一体,意见完全一致。帕斯卡尔①更加深沉,巴尔扎克更有天赋——但是谁也没有更有人性,谁也没有了解他人更深,谁也没有对日常相遇的人更为了解。"他俩若找到一台钢琴,就给彼此演奏。

几个星期就这样过去,日子仿佛向来如此,别无他样。对于他们而言,一切都是别种模样。莱奥纳尔显得心情更加欢快,情绪更加开朗。克拉丽莎说起话来更加轻松,她的步态也显得更加轻盈,她自己也显得更加无拘无束,生平第一次她清晰明了地向世界敞开心扉。

他俩唯有欢乐,毫无忧愁;他们在前一天很少知道第二天到哪里去。所以他们有时坐在一个鞋匠跟前,有时坐在一家小酒馆里。他们不买导游指南,不买地图。克拉丽莎不懂当地人的语言。他们完全可以设法和一位神父聊聊天,或者在药房里跟别人说说话。可是他们避开了这些场合,莱奥纳尔说:"否则我们就活不成;时间就是生命,这就叫人心烦。""让我们好好生活吧。"他们不看报纸,不知道世上发生了什么事情,"这就叫做我们对彼此更有责任。""希望有一次能有这样的感觉,觉得自己如此自由自在,像在湖里游泳,毫无羁绊,不受时间,不受世界的拘束","那我就可以在这里做个骑着毛驴到处漫游的人。"原来莱奥纳尔的愿望便是如此。"你想的东西只为你自己。"——"不,"莱奥纳尔说,"我也

---

① 布莱兹·帕斯卡尔(1623—1662),法国数学家、物理学家、哲学家、作家。

想到了你,想到一位老母亲,一位长着犀利、明亮的眼睛的农妇——我的妻子不能理解这个——倘若她能理解,她将非常幸福。真奇怪,我想到每一个穷人,想到每一个身无长物的人。但是我也想到有资产的人们,我理解他们每一个人,知道他想干什么,因为我知道他们每一个人身上,都有一些使他们不诚实的东西。"

他们每到一个旅馆,都开玩笑,用另外一个名字过夜,"以便我们自己把它忘记。"克拉丽莎学习了许多东西,多得不计其数,也能够把有些东西说给莱奥纳尔听。莱奥纳尔给她朗读蒙田的杂文和司汤达的《帕尔玛宫闱秘史》①。他朗读得很好,克拉丽莎感觉到他柔和的嗓音。他也读到了"Bonheur"②在德文里叫什么,这样就知道了幸福是什么。于是他就对克拉丽莎说:"你还记得吧,我们在安蒂伯散步的情景……"在他的想象中,克拉丽莎始终和他在一起。这种想象对他而言,竟是不言而喻的事情。而克拉丽莎有时也觉得难以想象,她曾经在没有莱奥纳尔的情况下生活着;有一次她独自漫步,竟然觉得,她并不完全是她自己,并不是感官上的东西,情爱的东西把他们结合在一起。克拉丽莎深爱莱奥纳尔那充满柔情、异常体贴的拥抱。在这拥抱之中也含有感激之情。

☆　　☆　　☆

他们没看日历,也不读报,完全是偶然地走过布列西亚一家理

---

① 《帕尔玛宫闱秘史》,又译为《帕尔玛修道院》,司汤达的著名长篇小说。
② 法文:幸福。

发店,才发现他们在路上已经足足三个星期。莱奥纳尔想理理发,他的胡子也长长了,"想必是七月下旬的一天,我什么消息也没听到,也什么都不关心。"克拉丽莎第一次想起,她得去看看有没有她的邮件。她定期给她父亲写信,起先在瑞士卢塞恩,写到她的访问,也向父亲报告她已离开那里,后来在德森查诺再一次给父亲写信,也写信给西尔伯斯泰因教授,让他知道自己直到八月中的地址。那时她以为,把"米兰留局待领"作为她的地址就够了,然后她和莱奥纳尔就前往科默湖畔。那几天阴雨绵绵。就是在米兰有一天雨也下个不停。她想起了科默、帕维亚和米兰。现在他们两人穿过大街直奔邮局,在柜台上果然有一封信等着她。她认出了她父亲清晰挺拔的笔迹。父亲的信来自柏林,内容简单明了:"最近的事件迫切需要我重返旧日岗位,原因是什么,你不久就会明白。我目前正时刻准备返回奥地利,我必须劝你,不要走得太远。"信件对于克拉丽莎而言就像电报一样,含有一些令人害怕的东西。她手里拿着这封信,心里有不祥的预感。她看一下信上的日期:七月十五日。莱奥纳尔走过去问她:"什么事让你心神不定?"他善于读懂克拉丽莎脸上每一根线条。克拉丽莎把信递给他,把信里的内容译给他听。莱奥纳尔说道:"我不明白,你脸色为什么一下子变得那么苍白?"克拉丽莎轻声回答:"我父亲从前在参谋总部工作,主管好几个重要的部门,所以他们把他召回来了。如果他们那里又需要他,那情况一定非常糟糕。"

他们走到大教堂前的广场上,买了一份德文报纸。这是几周以来克拉丽莎读的第一份报纸。莱奥纳尔买了一份法文报纸。克拉丽莎心里不安起来,"俄国人在做一些准备,正要发布所谓的动员令。"莱奥纳尔愤怒地笑道:"这份报上登着奥地利正在动员并且挑衅:同样的话语,永远是同样的话语。库切拉博士女士,和那个塞尔维亚女代表。一部分人是凶手,另一部分人是压迫者。我们生活在人民当中,难道就是为了弄明白谁要镇压,谁要杀人?""你认为会发生什么事吗?""奥地利向塞尔维亚发出了一份最后通牒。""现在我懂了,为什么我父亲要到那儿去。他们召他回去,他根本用不着回去。""想一想,你父亲就是一个准备战争的人,几年来一直在制订计划。我,我什么也没说,你对这事没有任何罪责,谁也对此没有过错——只有那些说谎的人,他们挑唆,他们鼓动。"他俩坐在那里,马车从他们身旁经过,"要是发生什么事情,我们该怎么办?我得回去,你呢?""我也一样。""你觉得法国也会参战吗?打起仗来,它只是一个介子,一个卒子,一盘棋里的一枚棋子,即使它并不把自己想成这样。在所有这一切的后面是俄国,在所有这一切的后面是那些玩弄政治的人,是一帮政客。""我不想想这些,它们说这个世上我最不在乎的东西。但是大伙得奋起反抗啊,尤其是社会主义者,他们拥有《Humanité》(《人道报》)。在我身边,没有什么可找的。不错,我什么也不想,只想当个鞋匠。但即使这样也是一个榜样。不论你干什么,你都卷了进去。你瞧,人就这样受到惩罚。单凭你做的那一丁点事情,也把你拴住了。就说你教书,你也有责任。你必须除了你自己之外还做点什么。在我还没认识你的时候,我有什么呢?我就孑然一身。是两个人,你就经受得住整个世界。"

"要是打起仗来——你觉得,会持续很久吗?""谁知道。快把报纸抛开,我们到安勃罗西阿纳①去,看一下图画、书籍。"后来他们站在一座教堂里,莱奥纳尔看着祭坛,"其实没什么可看的。""我不知道……"克拉丽莎说道,仿佛他们之间横亘着什么。"你害怕吗?"克拉丽莎凝视着莱奥纳尔,莱奥纳尔坦率而诚实地回答:"害怕。"

☆ ☆ ☆

从此时此刻起,有一样东西消逝了。他们现在不再观看身边的人群,一切都像已经死灭。现在已不再有光线,只有报纸在说话。看报的时候,字母、标题都向你扑面打来,每个人都在询问自己:"我究竟为何到这里来?"他们到处瞎逛,再一次试图使自己分心,也到外面他们先前待过的地方去走走。晚上他们又乘车回来。几天前他们还在那儿坐过一阵,在湖边,因为下雨了,他们又乘车回来。他们不知道形势已多么严峻。"我们真希望再多待六天!现在我们的生活就像时代要求我们的那样,这对我们来说,是些陌生的事情。我们现在已经不再孤独,不仅是你和我,我们两个就是世界。这个世界看上去从来没有这样宏大,这样美好。""啊,要是我们还能再一起多待一个星期,过我们自己的生活,而不是简单地按照他人的模式,该有多好!"日子对于他们而言,已经越来越阴沉。但是夜里他们在缠绵的柔情之中拥抱在一起,克拉丽莎紧紧地依偎在莱奥纳尔的怀里。这就是他们的一切。这唯一的肉体对他们而言,意味着整个世界。屋外夜色浓重,一个危机四伏的夜

---

① 安勃罗西阿纳,米兰著名的图书馆,因丰富的馆藏中世纪文献、版画而著名。

晚。现在每个人都想从别人那里夺走点什么。即便是睡眠也变得异乎寻常。

克拉丽莎觉得身上发冷,想必在睡眠时想到了什么,梦见了什么,估计是那陌生的、邪恶的东西。再说每次睡觉都梦到死,她于是惊醒,凝视着莱奥纳尔。莱奥纳尔睡得很沉,很熟。她仔细观看莱奥纳尔的脖子,只看他那美丽的脖子,这里面蕴含着生命,诗人们感觉到这一点。突然,那个念头重新闪现出来,肯定发生什么事情了。恐惧又返回她的心里,她得做点什么。她走到窗前,全凭本能。对面是座教堂,她看见老妇人们从旁经过,都画着十字。啊,她也该到教堂里去。她从前就是这样学的。她不知道,她是不是真的心甘情愿地想去,可是对此她已习以为常。她伫立在窗口,她的祷词是:"别让这事发生。"这个祷词也许毫无意义,但它使人心安。这是一阵回声,这是她的自我。

克拉丽莎回到房间,莱奥纳尔立即向她走去,是啊,简直是向她直扑过去,慌慌张张地直视着她:"你刚才在哪儿?"克拉丽莎回答:"别问我。"她脸色苍白,莱奥纳尔吓得要命,"我一醒来,你不见了。我一辈子从来没有吓成这样,我感到被人抛弃。现在我才感到,你在我心目中的地位,离别将意味着什么!就这一分钟,我都明白了。醒来,看不见你,已经吓出我一身冷汗。""不,我一分钟也不会离开你。只要我能办到,不会离开你,永远不会。我永远和你在一起,无论是在这边还是那边,永远都是如此。"

他们一同下楼走到大街上。他们看到有人已经在分送报纸,他们跟在后面跑,等待着一则消息。内心的压力,而不是好奇心在驱使着他们。"那边的那个人在出卖我们的生命,他现在嘴里叫的,就是我们的生命。这一来就可以确定,我们能否幸福。"莱奥纳尔买了一份报纸,"有什么消息?"他不回答。克拉丽莎追问,他才答道:"奥地利已经向塞尔维亚宣战。"

他们默默地走了几步。他们突然觉得他们的脚发软,脚下的地面都变软了。在旁边维多里奥·埃玛鲁埃勒通道里,有一家咖啡馆。莱奥纳尔发现克拉丽莎脸色苍白,他们坐了下来,"你必须回去吗?""我照理必须回去,"克拉丽莎答道,"但是我不回去。不,只要你和我在一起,我不回去,我父亲无法理解这点。你到哪儿,我都跟着你走,回法国去也行。我是一个女人,法律是睿智的。它指示女人属于那个男人,就该到那个男人那儿去。她用不着回到自己的祖国。人们告诉她,她属于哪个国家。"

莱奥纳尔一声不吭,手里拿根棍子在面前画着小人。

"你为什么一句话也不说?是不是觉得我说的话有点不够谨慎,你要我走吗?"

"不,"莱奥纳尔说道,"但是如果我们卷进了战争,事情就不会停止不前。我是一个士兵,也可以不是这样。我可以去抬病人,可是我估计会成为一个逃兵。这样我就没法把你带在身边。我不能让别人成为牺牲品,而我自己独自幸福。我不能当逃兵,这将是一种罪行。可是我同时又想幸福。也许没有你更容易办到。"

克拉丽莎大吃一惊,"你认为,法国也会……"

"我们的意见有什么用?!我们都是谁啊?!大人物掌握着我们,我们必须等待。我们的生命并不意味着许多力量,就像那边地面上扬起的灰尘,一阵风就把它吹走。他们不能使我们团结起来,可是我们还在反抗。社会主义者就把人民团结起来。由此可见,我们在法国还有几个人,我们还有饶勒思,这使我们还有依靠。现在皇帝们互致电报,我觉得,他们害怕了。整个世界现在都充满了恐惧,没有什么东西能帮上忙,用上全部智慧也不行。"

这几天在街上行走没有多少意义,"我们该干些什么?"

"我们原路返回吧,我们再乘车去一次到夏达湖,把每个地方都再走一遍,以便我们熟悉它们。因为你拥有的就不会丢失,让我们再一次记住它们,把这里的一切再一次牢牢地抓住,也许我们只剩下对这一段时间的回忆。"

他们乘车返回,他们把一切都再看一遍。同样的风景,可是已经物是人非。他们自己也都与以前迥乎不同。夜依然是夜,在黑夜里,湖水在昏暗中涨起;接着,轻微的波浪喋喋不休,一只小鸟叫道:"世上这么美轮美奂,可能吗?这一切都将无谓地终结,可能吗?每棵树都有它的意义,一切都经过周密思考,每朵鲜花都有绿叶保护,雨水连连,滋润万物,一切都井然有序。这一切都会遭到扰乱!"第二天早上传来消息,饶勒思遇刺身亡。

他们一同乘车前往苏黎世,这里是转折点。一条道路拐向右,一条道路拐向左。要是现在已经宣战,那莱奥纳尔得回到法国,克拉丽莎得回到奥地利。这样整个世界就横亘在他们中间。等到消息真的传来,他们之间有什么东西僵住了。他们两个都因自己的软弱而感到羞愧。他们都不愿向彼此流露出悲哀,每个人都以为能向另一个伪装坚定,这样他们两人第一次互相欺骗。克拉丽莎绝口不提莱奥纳尔是不是该走,他应该有他自己的自由。"我必须回去。""是的,我理解,你必须回去。"这话听上去几乎是冷冰冰的,克拉丽莎不想让莱奥纳尔心情更加沉重,莱奥纳尔也不想使克拉丽莎心情更加沉重。他们身旁有两个人,为了他们的箱子咆哮如雷,激动异常;另外两个人静静地并排站着说道:"这事就会过去的。"有人大声说了句脏话。他们又往前走了一段,"我希望有一张你的照片,因为我没有你的肖像。"他们于是彼此告别,默默无言,紧紧拥抱。莱奥纳尔再回到车厢里去,去取他的蒙田文集;克拉丽莎知道,这是他最珍爱的书籍。他把这本书送给克拉丽莎,他把扉页打开,亲手写上日期:一九一四年八月一日。

一九一四年九月、十月、十一月

那次回国途中发生了什么,克拉丽莎后来已经记不起来了。她当时看一切都像隔了一层浓雾,到处都张贴着告示。她一张也没仔细看,她仿佛全然不知自己都经历了些什么。许多人挤上列车,都是些挂着彩带、拿着彩旗的新兵。大家都大声喧哗,情绪激动,眼睛闪闪发光,互相称兄道弟。沿途的火车站上站满了年轻的小伙子。克拉丽莎没有眺望窗外,报贩子大声喊叫了什么;克拉丽莎显然是唯一不知道他叫的是什么事的人,因为她不想知道,她觉得自己像上了麻药似的,她不吃,不喝。车轮在她身下轰隆轰隆直响:过去,过去,忘记,忘记。

然后她突然一下子站在家里她的老房间里;她不知道自己是怎么走到那里去的。一名勤务兵给她开的门,跟她说了一点什么,估计是:将军大人就要回来;克拉丽莎不明白他说了些什么。她房里有把圈手椅,她像麻木了似的跌坐在椅子上。不会清晰地思维。发生了什么事。在打仗。在喀尔巴阡山什么地方。也许这个消息不实,不然就是打仗的那几个星期已经过去。

她也不知道,现在是什么时候,什么时间,是晚上还是夜里;她听见外面有开门声,从脚步声她听出,这是她父亲。她站起身来,向父亲迎了过去。她觉得父亲显得疲惫不堪,忧心忡忡:父亲见老了,头发花白。父亲认出克拉丽莎,振作起来,严肃地拥抱了她。"好,你今天回来了。埃杜阿尔特明天出发上前线,明天一早他还过来告别。"然后,一片沉默。"我们必须对许多事情有充分的思想准备,"她父亲说道,脸色严肃,"战争会持续很久,这次战后将是另外一个世界。我为此而生活过,也为此而工作过,现在战争的确爆发了。我问我自己,到底谁的愿望得到了实现,现在——"他说着,在他的书桌前坐下。克拉丽莎知道,父亲一在书桌旁坐下,就是他还要工作,不想受人打扰。她就静静地说了声:"晚安!"父亲再一次抬起头来看她,"你想做什么工作?你还想做你原来的工作,还是报名去前线做护理工作?"

克拉丽莎考虑了一下,她还没有想到这事。"那就照你说的吧,也许你还希望我留在这儿。""不,"父亲平静地说,"前方需要最优秀的人员,必须去做比较繁重的工作,否则承担不了这场战争。"

克拉丽莎垂下脑袋,离开她的父亲。她没有想到这事,她根本不想思考,不想评判。必须熬过这段时间,你就得活得比它更长。感谢上帝,总算还有工作,工作越多越好。她一下子全明白了,她必须猫在什么地方,工作越重越好。

第二天早上,她哥哥来了。他身上系着绶带,显得富有男子气概。他那年轻欢快的脸上透着一股坚定的神情,"我们已经整装待发,我们是些多么出色的小伙子,我们所向披靡,不可阻挡。你放心好了。我们会把他们打趴下。这些匪徒,这个塞尔维亚人,我们要把他们剁成肉泥,然后就去收拾法国人,是他们把这一切策动起来的。我们会把这批无赖解决掉的,解决掉这个破落衰败的民族。"

克拉丽莎感到一阵心痛,想起那些看上去滑稽可笑的中学教师,那些正直善良的人们,她并没有只想起莱奥纳尔。打击正中要害。克拉丽莎觉得,她必须捍卫他,就仿佛她必须捍卫自己。她知道这毫无意义,但她觉得,此刻不说几句,就像是背叛。

她于是说道:"别说了,"她把手放在她哥哥的肩上,就像是表示请求,"他们也同样不知道这是为什么,是什么缘故。"她父亲平静地说道:"别瞎谈政治。"但是埃杜阿尔特直跳起来,"他们不知道吗?""愿上帝恩赐!""你懂什么?!是他们首先向我们发起袭击,现在让这批吹牛大王好好瞧瞧,他们都找出来一批什么样的人。十年来他们不让人太平,但是我们会给他们一个教训,叫他们五百年都乐不起来,必须把他们进行战争的乐趣彻底铲除。"

克拉丽莎转过身子,她预感到,现在她将孤身一人度过许多年。她不得不保持沉默,永远沉默,就连向自己的哥哥、自己的父亲也无法倾吐衷肠。她将在任何地方都独自一人,心里藏着她的秘密。她和她哥哥拥抱,她第一次在拥抱时感到羞怯。这里没有任何人、任何物对她而言是重要的,无论是父亲、哥哥、房子和土地,所有的一切都和她作对。父亲和儿子拥抱作别。克拉丽莎心想:哥哥是去走向死亡。可是她不是想着哥哥,而是想着另一个人。那人却是她的一切。

☆　　☆　　☆

克拉丽莎第二天就到护理工作办事处去报到,明确表示,希望不要分配到维也纳的哪家医院,而是分配到前线的战地医院工作。就像她父亲所希望的那样,她去向西尔伯斯泰因教授报告,她不得不放弃在教授那里的工作。教授刚从伦敦乘坐最后一班火车逃回维也纳,使克拉丽莎惊讶的是,教授完全同意她的决定,但并不是出于当时流行的爱国主义动机。他对克拉丽莎说:"我目前对于我的私人诊所不感兴趣。我关于人类慢性精神病患者的研究,可惜现在可以得到充分的材料。要装下现在变成傻子的人,那座宏大的音乐会大厅还嫌不够,即使让这大厅变成我的门诊接待室,也嫌太小。现在不是个别人变成了疯子,其实是每个人都疯了。要是我碰到某人,他和我谈起'敌人',眼睛里就会发出一种仇恨的光芒。我就感到,得对他进行医学观察。性情最平和的人,现在也突然满腔仇恨,看人说话都疯疯癫癫。每个教授都变成了公牛,年纪越大,变得越蠢。您不愿留在维也纳,克拉丽莎,完全正确。您现在隐居遁世,就仿佛来自另一个世纪,另一个民族。谁也没法使自己强行保持中立,大家都是法兰克族人的时代已经结束。现在只有唯一的一种可能性来对战争,保持一种正常的、人性的态度:亲眼观看战争,而不是让战争叫嚣的制造者来描写战争。他们自己从来不上前线,其他一切都是自我欺骗,自我说谎,用抽象的概念来自我麻醉,自我陶醉。"教授辛辣的嗓音引起了克拉丽莎的注意,她凝视教授,发现他衰老了,动作更加神经质。他想起了自己的儿子,他也在前线,"我可以说,我很骄傲,为别人感到骄傲。对我自己,我不能这么说。您这样很好,您做得对。现在为那些应征入伍的人,为那些充当牺牲品的人灌洗肠子,或者给他递杯水,也比我们大家,那些所谓的学者们合在一起所做的事,要有意义得多。您会看到所有的理论,军事理论,国民经济学的理论,哲学理论,都将遭到扬弃。因为它们都以逻辑为基础,既然战争不合逻辑,他们必须把其他所有理论都放弃。也许我在我的研究工作中确定的一切,都是错误的。只有您将看到的一切,才是真实的,可怕的真实。倘若您把这里或者那里观察到的精神错乱的现象记录下来,您对我的帮助将大于您为我制定的卡片柜。因为我知道,您身上有些东西是真诚的。我希望,我能像您这样有用:帮助个别的人,也许现在对如此现实的祖国和所谓的人类更为有用——话说回来,仗打下去,也许该把人类这个美好的名字去掉,这个名字不再合适。"

教授有些把握不定地直视着克拉丽莎,"其实我不该这样和一位将军的女儿说话,而该像我的那些同行们那样,撰写战争小册子和战争文章。可是我总是持有这样一种妄想:战争是个罪恶,是件蠢事。我不想影响您,反正我有这样的感觉。总有一天,我会因为说话而丢了脑袋的。也许我已经受到传染,因为我刚从'敌人'那边回来,从英国回来。也许我自己也已经看不清楚,也许另外一个人也有一个儿子,一个塞尔维亚人,一个俄国人——可是现在,你的一切只能而且应该都围着战争转。经过三十年之久,我无法改变我的想法:对我而言,没有法国肾、俄国肾和奥地利肾之别,在血液里是分辨不出敌人的。我只能在有人生病、我能帮助的地方出现,并不是常胜的人类,而是患病的人们需要医生。我不能也不愿掺和到别的事情里面去,我拼死拼活地救了个别的人,而他们在战报中兴高采烈地报道,消灭了六个师。看来,赶快适应一下形势,既实际,也值得推荐。可是我已经疲惫不堪,没法用这种方式来适合实际。倘若我能理解我的儿子,我也许会这样做。所以说,您不再帮我工作,也许对您更好。和我在一起,也许会对您非常危险,每个人得自己解决自己的问题。我要是不随波逐流,就离群孤立。"

他伸手给克拉丽莎,握住她的手久久不放。克拉丽莎觉得,他仿佛想把她紧紧抓住。她发现教授似乎怅然若失,同时从他的镜子里看见自己,她有强烈的欲望,想对教授说点什么,"教授先生——我……我只想告诉您,我的想法完全和您一样,只是人们必须……我的意思是,我们大家……都必须有更多的勇气。"

教授凝望着她,似乎深受触动:"您说得对。大家必须有更多的勇气,关着房门胡思乱想,瞎说八道实在太方便了。您也许是及时提醒了我。"

他快步走到写字台边,急急忙忙,神经过敏地翻找一气,最后找到了一个已经封好的信封。他把信封拆开,取出一张信纸,浏览了一遍,笑道:"瞧,这是我今天收到的。"他把信纸撕成碎片,把它扔进字纸篓,"这是一份德国和奥地利知识分子的声明。人们要我们向全世界证明,我们是无辜的,是法国和俄国袭击了我们。我在声明上签了名,因为……我有一个儿子……不,您也了解我,我也愿意参加签名,不愿在名流的姓名当中缺席……的确如此,您来得真及时。您的反应正常,您救了我,让我少做一件蠢事。"他撕掉了信封,也把纸片扔进字纸篓。

"我会想念您,您身上有种东西让人变得更加正直,这在今天比以往任何时候都更需要。不,"和平素一样,每当他羞于表示自己深受感动,便开起玩笑来。可是他未能完全成功地做到——

"我得试试心灵感应术,虽然平时我并不相信这一套;想到什么地方有个人,你要是干了什么或者没干什么,你会在他面前感到害臊,这会对你有所帮助。它会帮你渡过一些难关。"

所以必须要想到什么人;要是你只是真诚地,正派地想到什么东西与他有关,那就应验了。他会怎么说呢……"是的。"克拉丽莎大声呼吸,仿佛她面对的是莱奥纳尔,以至于西尔伯斯泰因教授有些惊讶地凝视着她。克拉丽莎立刻感到,教授可能预感到什么。她和教授告别,乘车前往医院。

☆ ☆ ☆

克拉丽莎前去值勤的野战医院,原来离开前线一百多公里。由于奥地利军队撤退,和前线的距离也就相应地缩短,而牺牲者的人数急剧增加;证明所有的估计全都失误,病床太少,医生太少,护士太少,绷带太少,吗啡针剂太少,一切都被这阵血肉模糊的可怕洪流冲得一干二净。根据计算医院可容纳两百张病床,可现在塞得满满当当的。进来的伤员达到七倍之多,在走廊里都放着病床。军官们还能安排在病房里,以及办公室里。地板已经没法打扫。没有勤杂人员。这座野战医院原来是所文科中学。再也没有地方放置病床。轻伤员只好躺在担架上,暂时待在列车下面,等着有人恢复健康,大多数情况下是等着死神降临,腾出一张病床来。有些伤员就只好一直待在没有暖气的列车里。在开头这几个星期,没有一天休假,也没有一小时休息。夜里火车开来,伤员就在火把照明下被从车厢里抬下来,救护人员几乎没有几分钟可以躺下休息一下疲惫不堪的身体。医生们心烦意乱,无法施行自己的职责:床单不许更换。有关的规定不允许更换床单。在打开头几仗的时候,越来越多的伤员运到这里。根本没有和平的远景。大家都心灰意冷;有时候似乎前方什么也没有,只有不断呻吟、持续发烧、奄奄一息、乱叫乱嚷的人们。都是些看上去健康不再的人。因为大夫们、护士们受到监视,熬红了眼睛跑来跑去,监察员们火气很大,狂呼乱叫;大家打电话都是一个劲地大喊大叫,另外一种人类已经产生。克拉丽莎的父亲曾经预言:只有乐观主义者才看见这样一些比例;而实际上需要七倍多的军火。他们也计算到损失;这些损失达到十五倍之多。另外,需要继续前进的运输工具中途停顿——煤炭匮乏。

八月份、九月份是最吃力的月份。护士们和医生们累得几乎崩溃。有一次,克拉丽莎两天没脱衣服。她不再知道该干什么才对,都快支持不住了,但是她并没有松劲。她拥有一种增加力量的秘密手段。让自己做事情做到筋疲力尽,对她是个乐趣,这是突破恐惧。千万不要多想,倘若她这时倒到床上,她就像跌进了一道深渊。她怀有这股力量,这份坚韧不拔的劲头,这对她很有帮助。白天她没有时间关心自己,甚至都没有时间洗脸;她全身心地投入工作,都没脱过衣服,看过报纸,连收到的信也没拆开;有时候她迫使自己坐在靠背椅上,对自己说,干够了。可是她脑海里立刻闪过一个念头,也许他,莱奥纳尔,此刻也正好完全无助地在战场的那边躺在一张床上,眼睛直瞪着房门,只希望有人来递给他一杯水喝,帮他拭去额上的汗水。克拉丽莎立即站起来,脚底发烫,膝盖发软,又从一个大厅走向另一个大厅。她觉得,仿佛她是在庇护他。保护他,保护她的莱奥纳尔,就仿佛她正在做这件事情。每一个人都是莱奥纳尔,每一个人都用莱奥纳尔的眼睛瞅着她。这个立陶宛的,波兰的农民就长着他的眼睛。不知道他们在这儿是不是也感觉到她深受大家的爱戴,以他们那种微弱的,无助的方式,让人感到纯洁的爱情犹如回声,来自远方;她救下每一个人就是救下莱奥纳尔,她帮助每一个人就是在帮助莱奥纳尔。她一个劲地工作,以一种超过她体力的力量,直到精疲力尽。克拉丽莎作为一个人居然没有崩溃,对此她惊叹不已。她甚至都觉得有些不大自然:在这里当医生,当护士,居然自己身体健康。有位医生对她说:"你得爱惜自己。"这是一位来自蒂罗尔的友好的年长医生,"咱们也得想想自己。"克拉丽莎感到,她只有忘记自己,想到莱奥纳尔时,才有力气。

十月份情况好些。最初打得最为血腥惨烈的几仗已经结束,惨象稍稍缓和,就这样进入十一月;战争越来越成为生活的最为坚强的形式,各个组织发挥的作用越来越好。在城外建立起自己的医院临时木板房,两层楼的房子,染上传染病的士兵,灭虱处和办公室都安排到那里;医院本身则完全为军官使用,病房里的伤员数量正常,有时候还有空床。现在第一次有了休息时间,可是现在克拉丽莎才感觉到可怕的过度疲劳。她清楚看到,一个像这所医院这样的机构的阴森可怕。这里运作的情况就像发生了一场灾难,发生了一场爆炸。这是一台使人健康的机器。一些人负伤抬来,克拉丽莎感到痛苦,有些人被逐出医院,她也感到痛苦。她知道,她为大家所做的一切,其实都是为一个人做的——他,莱奥纳尔,就是一切。在她第一个完整的休假日,克拉丽莎打算整理内务,给父亲、给哥哥、给几个熟人写写信,为西尔伯斯泰因教授做些记录;

她一口气睡了二十二小时没有醒过来,可是疲劳依旧,就仿佛疲劳已浸入她的体内,仿佛她在那些发高烧的伤员那里感染了疾病,血液变得滞重黏稠;她不得不坐下,饭菜让她恶心,她觉得什么东西吃起来都有一股碘仿味,她吃一口就吐。她感到难以思维,她对自己说:"我得休休假了。"可是她在父亲面前感到羞耻。她知道,父亲总是勉为其难,克拉丽莎苏拖着,继续干活,一直干到那糟糕的一天,干到十月十九日。克拉丽莎又一次工作到疲劳不堪,我这是怎么了?有个邮递员走进医院,带来她父亲的一份电报:"埃杜阿尔特阵亡,塞尔维亚。"下面的事情,克拉丽莎就什么也不知道了。

☆ ☆ ☆

等克拉丽莎苏醒过来,身子躺在一张长沙发上,有样又冷又湿的东西盖在她的眼睛上面。她把这东西推开,在她身边站着一个医生,戴着厚厚的眼镜正定睛看着她,"哪,孩子,您觉得好些了吗?"克拉丽莎收敛心神,认出了房间,也认出了医生,问道:"我刚才晕倒了吗?"医生答道:"是的,不过这没有什么。我一直担心会发生这件事,您实在过于劳累了。现在您好好休息一下,我马上就来看您。"克拉丽莎继续躺着,她想回忆一下刚才发生了什么事情,想到父亲,想到埃杜阿尔特,她哥哥。可是她不得不一个劲地想到另一个人,比想她父亲还多。她感到心情压抑。晚上她又想起身前去值班,医生回来,看看克拉丽莎的情况。他听说克拉丽莎收到她哥哥在前线阵亡的消息,立刻面容严肃,表示哀悼,"原来如此,哥哥不幸阵亡。我表示哀悼,衷心表示哀悼。那,那您的晕倒就可以理解了,我完全理解。平时女人晕倒,我们首先总想到另外什么事情,因为这在大多数情况下是主要的事情。不错,神经,在今天,神经很难控制。我起先以为是心脏出了什么问题,可是看到您的目光……不,您的心脏搏动得非常平稳,现在您再待一夜,然后您就休假两三天。我坚持您这样做,最好您去看看您的父亲。"

克拉丽莎一声不响,突然之间,她的双手冰冷,有什么东西从头上直压下来。医生信口说的一番话,唤醒了她的一种思维,这个思维抓住她不放。在发疯般拼命干活的那几个星期,她没有注意自己,也没有注意自己的身体。现在她开始回忆起来,她的肉体里有什么东西不对劲,她颤抖着摸摸她的腹部,她的乳房。她可没有想到这个。她僵住了,一动不动。这也许只是一个偶然情况,原因可能是过度疲劳,她又开始颤抖起来。平时她总是很能控制自己,要是真的出事了呢?莱奥纳尔一直对她十分温存,极为温柔,不过在那个绝望之夜,他们半是身在梦中,半是绝望透顶,他们的身体紧紧地贴在一起,仿佛想把深沉的悲痛窒息。他们胸贴着胸……颤抖继续,可不,她颤抖得更加厉害。难以想象,竟然怀上了一个法国人的孩子,一个敌人的孩子,而且还要承认这事。这事她又无法跟莱奥纳尔说,莱奥纳尔也帮不了忙。他可能不会承认,克拉丽莎也不可能承认,无法向任何人承认,无法向父亲承认,向谁也无法承认。这是一个不堪设想的处境。不行,不能这样下去!这种毫无把握的状况简直无法忍受。她再去见医生,只说:"您说得对。我不能再干下去了,我打算休假一个星期,去看我父亲。"

☆　　　☆　　　☆

克拉丽莎知道,父亲一早就去办公了,所以不会在家,至少上午不在家,一直要到晚上才回来。她毫不迟疑地做了下面的事情:她把她的小箱子寄放在对面的一家咖啡馆里。她心里更加害怕,她希望得到准确的消息。自从她第一次想到这事,她就认为这是可能的。她问人要了一本电话簿,找了一位妇科医生的电话。前三位妇科医生的电话都没打通,第四个医生在郊区行医;他在那里有个小小的接待室,所有的东西都显得寒碜。她得在这儿等候,有几个妇女已经坐在这里,有几个女人显然已经怀孕。这可怕的时刻挨了很久,直到医生接待她。克拉丽莎刚看他一眼,勇气就顿时消失。此人是她的法官,将决定她的生死,她的命就攥在他手里。这个医生留着一小撮山羊胡子,身体很弱,眼窝深陷。想到要把自己的身体给他看,克拉丽莎就感到毛骨悚然。除了莱奥纳尔,谁也没有看见过她的身体,她却要在这个男人面前脱去衣服。不舒服的感觉已不复出现。最后她躺在那里,闭上眼睛,医生对她进行检查。她不敢向医生发问,医生说道:"夫人,一切都会好起来的,一切全都正常,该多正常就多正常。您的体质很好,并不像平素怀第一个孩子时那样。不过您在所作所为上得采取一些措施,好吗?"克拉丽莎感到一阵晕眩。这个大夫用一种不言而喻的态度说出了一些可怕的事情。那种漫不经心的态度激怒了她,"您没有……任何怀疑?""没有丝毫怀疑……但是,我说过了,不用担心……一切都会好得不得了。过几个星期我再检查一下。"为了让克拉丽莎放心,医生拍拍她的肩膀。

克拉丽莎心情不安地站在那里。她的脑子里有什么东西风驰电掣般飞来飞去。她看见医生已经手握着门把,她知道她还想问医生点什么。那最好还是躺在床上,这样她的思维可以清晰一些。但是门外等着好几个女人,她没有勇气,另外她也没有力气向这个男人说出这些话来。等她走出诊所,她才整理好思想……有没有手段,来阻止这事。她怎么才能拯救她自己呢?这个医生是否愿意帮助她……她牢牢地抓住栏杆:她可不能再晕倒在地;她必须保持坚定,于是她拖着脚步回到家里,脑子一直被这件事情占据着。

晚上她听见开门声。她忘了先给她父亲发电报,父亲不知道她回来了。现在父亲已经待在旁边的房间里了,克拉丽莎害怕突然把门打开。可是不开门出去是不对的。她走向门口时,轻轻地咳嗽一声。"谁在那儿?"父亲大声叫道,他吃了一惊。克拉丽莎打开房门,"是我,父亲。"父亲直盯着她,她吓得够呛。她看过很多悲惨的东西,尤其在最近几个星期,看见了许多苦难。可是父亲现在已经完全变成一个老人,他凝视着克拉丽莎,"啊,是你。"——他说道,声音一点儿也不亲切,听上去像是大失所望。他想的是他的儿子,想他,想他,他不可能再把儿子叫回来。女儿,他能够看见,总能看见,女儿不是活着吗?可是儿子已经丢掉性命。

父亲振作起来,"你真可爱,回家来了。"他说道,声音干巴巴的。现在父亲才向她走来,和她拥抱,有点心不在焉地往下说:"快坐下……我想……我只想稍稍洗漱一下。"说罢,急急忙忙地走进旁边的房间。克拉丽莎非常了解她的父亲。父亲不好意思,担心控制不住自己。几分钟后,他走了回来,开始没头没脑地突然说道:"我还没能收到进一步的消息,只收到一封电报。在喀尔巴阡山一带……喏,这儿或是那儿……那些不想活了的人就不提了,其余的人都打个正着……是啊,那是最危险的位置……在喀尔巴阡山一带,这个位置只有冲锋才能夺到。炮兵司令库比昂卡总想让人在那里建造工事,准备冲锋……他向议会呼吁,拨款两百万克朗。在今天,区区两百万又算得了什么……从卡晓拉了一条单轨铁道上来,单轨的……可是康拉德·封·霍称多尔夫他们计算出来,立刻就会有兵力越过斯特里和普鲁特,机器也会向回开动,他们没有想到,要是你贸然指出这点,那你就是个不切实际的统计学家……要举行一次进攻,就必须预做准备。"她的父亲愣住了,变得神情冷峻。他似乎已经感觉不到手里握着的那张纸,他想着他的祖国。

克拉丽莎觉得有阵寒噤从她肩头穿过。她觉得这个老人身上有些东西已经僵化,这老人是她父亲。既然父亲不想说什么心里话,便信口胡扯。在他心里,有些东西已经死去,他再也不会真诚地说话,再也不会和人真正促膝交谈。

老人又继续谈到大举进攻,他说的话恐怖而又空洞。克拉丽莎发现父亲是想麻痹自己,她这时真不知道父亲是否真的感觉到她在身边。她预感到,她对父亲而言已是可有可无。她就这样在父亲面前坐了一个小时。她站起身来,父亲和她拥抱,问道:"你明天又要回去了吧?"虽然她并不打算回去,可是不由自主地说道:"是的。"父亲不想留她在身边,他不想要任何人留在身边。克拉丽莎向父亲告辞,父亲冷冷地、严峻地提醒她:"做好你的工作,埃杜阿尔特没有让我们蒙羞,你也要干得漂亮。别了。"

☆　　　☆　　　☆

走出她父亲的寓所,克拉丽莎知道,她不会再回到这里,宁可在一家饭店过夜。因为她回去,会打扰父亲。她发现,父亲不可能也不想向她袒露心扉。另一方面,她在医院里得掩饰自己现在的状况,这个念头她无法忍受。她得采取一点措施,首先她得有安全感,她得待在维也纳这儿。这点需要好好思考,因为若在医院那儿她就完了。那里已经不再有任何希望。那位医生想帮助她,他是一片好意。可是不出三四个月,别人就会发现她的问题,那就会传得尽人皆知。必须采取措施,她必须把它除掉,不能给她父亲抹黑。父亲若是知道了,肯定活不下去,他是个多么严格的人,不能让他再受这个打击。克拉丽莎到处乱转,又到报纸上去寻找关于助产士的某些广告。她在医院里也知道,有些医生也干这种事情,不过你得找到他们才行。她查出了这些医生的地址,有一次她在楼梯上停止脚步,有一次她一直走到门口,可是心里总有障碍。这可是一笔买卖,"请您把我的孩子打掉。"

这话她说不出口,每个字都使她窒息。她只对唯一的一个人怀有信任,那就是西尔伯斯泰因医生。医生接待她时心里很是感动,从他身上散发出阵阵温暖,可是他说道:"看不见我,就把我忘了吧。您做的记录在哪里?您的消息我一个字也没听到,您知道吗?我都对您产生疑心了呢。现在一切都劈头盖脸地向我袭来,您至少可以给我写封信来啊,这对我也是个鼓励。"这时医生才发现,克拉丽莎的脸色是多么苍白。他几乎是满怀柔情地问道:"您怎么啦,孩子?"克拉丽莎抬头对医生说:"我可以坦诚地和您说话吧？我需要帮助。"

西尔伯斯泰因教授定睛看看克拉丽莎,目光犀利,立刻做出诊断,接着他把仆人叫来,吩咐仆人:他谁也不见,也不接电话。克拉丽莎从来没有见过教授这样,"如果您要帮助……"教授摘下眼镜,克拉丽莎发现教授的目光变得异常柔和。她告诉教授,自己怀了孩子,由于特殊情况,她不想把这孩子留下,她不能强求她父亲接受此事,这是一桩耻辱。不要问她:她请求教授不要继续追问,教授能帮助她吗?凭着他的威望,一定认识其他一些医生。

教授没有马上回答,但是他轻轻地抚摩克拉丽莎的双手。克拉丽莎可以感觉到,教授同情她。他站起身来,思忖了一会儿,然后又坐到克拉丽莎的身边。

"听我说,孩子,这事得好好考虑。这世上什么事情我都想到了,就是这一点我没想到。也许您对自己也会提问,您在哪些地方存在疑虑。您尤其知道,我并不想逃避,我一心想要帮助您。这不是问题,我愿意帮助您,甚于帮助任何人。问题只在于怎么样才能最好地帮助您。我们必须尽可能地把这问题弄得一清二楚。医生有的是,可以开出相应的证明。开这种假证明已不是第一次,我在医院里也有一个可靠的朋友,可以办这种事。我会亲自监督的。现在在战争期间,查得不是那么严。您要是有顾虑,尽管说出来,尤其是别让您误解我:我当然知道,根据法律,这种手术是严厉禁止的。可是现在每天都有成千上万的人遭受屠杀,谁还在乎法律。对我而言,已经没有法律。凡是意味着国家的一切,对我而言,已经不复存在。关于您父亲和耻辱的一套,我也不在乎——我的上帝,他们都七十高龄了。老年人已经不算什么,可是年轻人也不算什么。什么荣誉、耻辱、英雄、无赖,这些字眼全都毫无意义。所有的一切都已摇摇晃晃,所有的人,他们都必须当作匪徒射死。谁若拒绝开枪,他们就管他叫祖国的叛徒。我们必须自由自在地思维,从前思想一直是自由的,清晰的,富有人性的,如——如果必须如此,如果您已下定决心,那我就马上把一切启动起来。别这样,您别这样心惊胆战地看着我……我并不想逃避责任,丝毫没有这个意思……您听好,请您帮我找到正确的出路……我们不能做出您无法弥补的什么事情。"

教授站起来,一面擦着眼镜,一面思考。

"您并不是第一个坐在这里的女人。在我的一生中,在六十年里,并不是第一次有女人来找我,不想要她怀的孩子……您还记得吧——我曾经由于神经的状况开过这类的证明,也曾经拒绝开这类的证明,每个女人都有不要孩子的理由,有的是没有钱,有的是没有父亲,有的是害怕生病。在有钱人那里也是如此——一个女人不要孩子,总要有个理由。事情本身并不怎么严重,一百件案子有九十八个得到顺利解决。我并不是对私密问题、个人问题感兴趣,我在乎的是别的事,是不是他抛弃了您,他是否愿意帮助您,他是有钱人还是穷人,以后打算娶您还是不娶——这一切都是次要问题,您不要一时害臊干出以后追悔莫及的事情。我知道,责任落在您的肩上,可是只要我帮助了您,也有一些责任落在我的肩上。所以我必须问您……不,您害怕……您别这样直瞪着我,别这样担惊受怕地直瞪着我……我是作为一个朋友在和您开诚布公地说话……倘若您觉得这样更好,那我就这样做,您说话时就用不着看着我……现在,您听我说。"

他挪动了一下位子。克拉丽莎已经挪开了。

"您听着,克拉丽莎,我不该向您提什么问题,我也不向您问这个男人的情况,不问他是个什么样的人,不问他人在哪里,是什么打动了您——不,这一切对我都无所谓。我问您——不,不如说,我请您,现在问问您自己,非常真诚地问您自己:这事是个不幸,是件蠢事,是一时软弱?这个男人是不是这样一个人,您是有意识地坚信不疑地要他成为一个孩子的父亲,成为您的孩子的父亲,即使所有偶然的情况都反对这事?举足轻重的是:您对这个男人的态度如何?您认为您对他有足够的了解,可以做出决定?"

克拉丽莎低下脑袋,但是她口齿清晰,毅然决然地说:"是的。"

"那么——在正常情况下,您怀上他的一个孩子,您会感到骄傲和幸福?"

克拉丽莎抬起头来,开始回想起莱奥纳尔站在她的面前,目光清澈,含蓄稳重,善良的笑容。她使劲地看着西尔伯斯泰因医生的眼睛。

"我完全确定。"

西尔伯斯泰因医生一下子变得非常严肃,"那么……那么……"(他不得不深深地吸一口气)"您若打掉这个孩子,就是犯罪行为。我指的不是国家意义上的犯罪行为,对此我才不在乎呢,但是您这是在剥夺您自己理应拥有的东西,是在示弱,这当然很愚蠢。"

克拉丽莎不响,她感到她的心怦怦直跳。

"请听我说,孩子,请您相信我。您现在千万不可一时感情用事就贸然行动。我重复一遍,我准备帮助您——但是我不愿帮助您伤害自己,帮助您仓促行事。再过几年,您不会原谅我,不会原谅您自己。您知道吗——倘若您是另外一种情况,您是一时软弱,一时醉酒,一时感到孤独,一时荷尔蒙作祟,所有这些都要简单得多。但是这一切我很难设想会发生在您身上,除非他利用了您,要不就是另外一种情况。您仿佛是一时精神迷惘,随便委身给了什么人。可是我了解您,一向头脑清楚,这不是一时冲动,不是仓促钟情。我估计,您是意识清醒地和他在一起的,完全出自内心的自觉自愿。"

克拉丽莎心情平静地直视着他,"是的,出自内心,自觉自愿。"

"这样您就承担了责任,您要这个孩子:不自觉地要了这个孩子。我不了解当时的情况——我也根本不想知道,到底他是一个生性轻薄的人,是一时兴起,还是一时醉酒做了这事。您可是知道,您干了什么。您现在不要为之追悔!倘若您当时有勇气,诚实地面对自己,那么您现在再一次鼓起勇气,再一次诚实地面对自己,您是一个不知畏惧的人,您现在又害怕什么呢?"

克拉丽莎又一次垂下了脑袋,"我不想欺骗您,实在太难,难得可怕,因为我一度鼓起了勇气,我也必须继续勇敢——这全都在我自己,可我必须把我自己藏在哪个医院里。"

"您真的受不了这个?"

"我想的不是我自己,我想的是我的父亲。我没法让他遭受这个,他已经失去了他的儿子,他现在一无所有,只有他的荣誉,这就是他的一切。倘若我让他……这将是绝灭人性的事情……我想……那他一定没法再活下去。"

西尔伯斯泰因医生答道:"您想到您的父亲……因为他对您有一种权利……那好,您感觉到这点,我不想说什么反对您的感觉……每个人自己心里有数……您父亲多大年纪?"

"六十八岁。"

"而您是二十一岁。我们这些老年人已经不算数了。他还能活五年、十年,而您还得活整整一辈子,还有那孩子,您考虑考虑!您剥夺掉您身上的什么东西,那我就问我自己:您有权利吗?孩子有个父亲……您问过他吗……也许您没法问他……您想想看,要是他处在您的位子上,他会怎么办?"

克拉丽莎凝视着医生,她心里有数,知道莱奥纳尔一定非常高兴(他和他的太太分手了,因为他太太不要孩子)。克拉丽莎开始浑身颤抖起来,泪如雨下,她悲不自胜。

西尔伯斯泰因医生大受感动。他挨近克拉丽莎,拿起她的手来,"我不想折磨您……我想我理解您。我是……我是通过他阵亡的儿子,和您的父亲比平素更深的连在一起。他失去了他的儿子……我的儿子在战场上……我想到的是这个;监督他的性命对我而言,并不是无所谓的事情,我将……我不知道,我将做些什么……请您想想那个男人,只想他。您父亲的遭遇是沉重的……他是将军,是不是……对他而言,丧子之痛是可怕的。我不否认……我自己……倘若我的女儿跑来……我们大家都紧密相连……我也会感到羞耻……也不敢走到大街上去……您瞧,我什么也不美化,我并不把自己说得比我实际情况更好……我知道,我生性胆小……不像您那么勇敢,我不想蒙骗您。但是请您好好听我说,我是一个老年人,我一生中什么没见过,什么没经历过……我知道,每句话都触痛您……请原谅我……您没法到他那儿去,把这事告诉他……就是去了,他也不会理解您……"

"那我是在卑鄙地这样干了。"

"您说得对……您不能这样干,不能这样伤害他……他也需要爱护啊……您这样做,将是一个罪行,请您平静地和我一起考虑一下,难道您父亲非要知道这事不可吗?"

克拉丽莎身不由己地抬头直视医生,医生轻轻地抚摩她的双手,"我跟您说话不像对我自己的女儿,您不是要求我的帮助吗?我毕竟是个医生,医生只有他的眼光。您一走进来,就引起我的注意。您脸色苍白,其他并没有什么,要不然……我永远也不会萌生这个念头……我想,还得等很长时间,大家才会猜到……暂时大家什么也看不出来,要是穿上护士的衣服,更看不出来。一个女人怀了孩子,而家里人并不知道,这样的事情又不是第一遭发生,客观情况非常有利……到处都乱七八糟……谁也不关心别人。您可以回到您的医院里去。您的父亲猜不到那件事,医院里也没人猜到,医生们也不知道……等您觉得瞒不下去了,您就要求休假,其余一切让我来办。"

克拉丽莎颤抖不已,她的眼睛直盯着医生的嘴唇。她想到了这点。西尔伯斯泰因一个劲地抚摩她的手。

"见我劝您这样做,您一脸惊愕……因为……因为您问过我,我是否能帮助您。您必须冷静地想一想,孩子,冷静地想想,想想清楚。我知道,要做这样的决定,很难清楚地思考……可是我却是为您而想……这就是说,我已经把一切全都彻头彻尾地想了一遍……您听我说,我不知道,您是不是还记得,我在小-格迈因有一幢小房子……我是很奇怪地买了这幢房子的……七年前,我和我太太在萨尔茨堡,我们一起散步,向国境线上走去……突然我看见了一幢小房子,一幢古老的农家房舍,有个小花园,里面长着天竺葵,收拾得干干净净……当时我就闪过一个念头:可以住在这里……就得这样生活。有幢小小的房子,什么也不用想,不必费什么劲,过着朴素的宁静的生活……我不知道,您是否懂得:从火车上向外眺望,往往看见一幢房子,但不知道这城市叫什么,什么人也不认识,你会有这样的感觉,在这里可以安安逸逸地生活……这是一个多愁善感的瞬间。我把这房子指给我太太看,她笑道:'不出两个星期,你就待不住了。'可是我们越过灌木丛,尽可能仔细地观看了花园……就在我们观赏的时候,房门打开,一个女人走了出来,五十岁光景,戴了一顶小帽,是个真正的农妇,虽然衣衫寒素,可是干干净净。她向我们走来,'这位先生是代理商派来的吧?''不。'我有点惊讶地说道。她表示歉意。她之所以这么认为,是因为我们在房前站了这么久。我们于是攀谈起来,她告诉我们,她不幸死去了丈夫;现在她无法支付抵押贷款,但愿有位代理商能接手这件事,只要她能继续住下去就好。她的几个孩子都是在这幢房子里出生的,她只希望能保留一个房间:那间后屋。这话打动了我,激起了我怜悯之心。我仔细看了一下这幢房子:房子收拾得干干净净,楼上有三间房,通过窗户可以越过花园,眺望到山上。我亲自经历了这个幻梦,每一个干活为生的人都有这样的梦想,每个人都希望拥有一些属于他个人的东西。我的太太拥有股票,相当富有;我就想买下这幢房子;我问了一下价格,房子便宜得可笑,我就买下了,的确是散步时顺便买下这幢小房子。夏天有时候,我想安安静静地工作,就到那儿去住上一个星期。一位老妇人管理着这幢房子,里里外外干净得发光发亮。她是集市上的一个水果贩子,日子过得有滋有味。

"事情就是这样——现在来谈谈您。我在这世界上要是有一个对我忠心耿耿的人,那就是这位豪斯纳太太。要是我杀了人,她会把我藏起来。她明明知道这件事,她会在法庭上当着十字架发誓,杀人凶手不是我。我的病人远没有她这样忠诚,他们精神分裂。我尽量不去想我的同事们。但是这个豪斯纳太太想着我——我甚至相信:她每天都为我祈祷。我当然把她的房间留给她,她不花一分钱,也不用缴税。她没有什么可干,就去伺候那些花朵——她做这事也是为了她自己。她已经看见自己被撵出了这幢房子,看见自己给连根拔掉。您可想不到农民是如何依恋他们的土地,依恋每一株树;每一朵花都生长在他们的心窝里。倘若我心情不好,或者情绪低落,对我自己产生怀疑,我只消驱车到那里去看一看这位水果女商贩的眼睛。在这个世界上,有一个人觉得我是重要的,我就觉得心里舒畅。那两个房间总是收拾得一尘不染。要是有人到那儿去住,要是您去了,她一定高兴得不行。要是我把您送到那儿去,您就会比在世界上任何地方都更加安全,更加隐蔽。豪斯纳太太会照顾您。她自己一共生了四个孩子,她性格宁静,善良。只要您对其他人有顾虑,她也可以照料这个孩子。除了这个女人,您和我,其他任何人都不会知道这个孩子。这位豪斯纳太太为人虔诚;您要是让她发誓,她一句话也不会说出口。您对我当然可以放心:我学会了守口如瓶。"

克拉丽莎感觉到自己的双手握在老人的双手里,她感到心情舒畅。听了他的话,克拉丽莎感到完全被教授所征服,她浑身都感到温暖。这股暖流一直冲到她的腹部,她的孩子就在那里,从她的血液,她感觉到这股暖意流了多远。她默默地凝望着前方……

"可是这孩子该叫什么名字呢?……它还没有名字啊……名字……可不,别人会问的……我该把它藏在哪里呢?我不能……我不愿把孩子交给陌生人……"

"是啊,您将来必须勇敢啊。"

"我不愿想这事……不愿想这些细节……不想……我愿意相信,到时候会有办法……一切问题都能解决。这个疯狂的时代总不会永远持续下去吧。"

"理性地看——不可能继续下去。"

"一般说来,大家不会提问。但是会有意外情况发生。"

"可怕的时代使得一切都比较容易应对,要是有人问起,您就说:他还没来得及和她结婚就阵亡了。"

克拉丽莎凝视着教授:"我想,您说得对。我愿意试一试。尽管很艰难,是啊,会很艰难的。"

"我知道,"教授接着说:"即使没有孩子也不容易。心里存着一个秘密活着是很不容易的。我不想蒙骗您。您非走不可。要是看到别人可以承认的孩子,眼泪就会涌入您的眼睛。但是我的孩子,所有这一切对您都更容易,也更好,比……因为另外一种情况,孩子,那是不可挽回的。您就不会知道,您为什么而活着。能成为什么人的母亲,还是有点好处的。我自己还是有点知道……我有个儿子在前线。这样您的生活终于有了意义。反正生活总会做出安排。"

克拉丽莎觉得,她的双手变得更加平静,已不再颤抖。她感觉到她的双手绷得紧紧的。

"您不用感谢我,不用,孩子。"教授严肃地说道,"您帮助了我,我以为在帮助您,可我却帮助了我自己。我需要勇气,比我拥有的更多的勇气。每个人都以自己的榜样在帮助别人。我看到您保持坚定而不屈不挠,您就帮助了我。我生活中从来没有这样需要看见一个坚定的人,我还会需要您一次,您总算认识一个人,他了解您,至少有一个人,您可以跟他说说心里话。"

克拉丽莎抬起头来,她感到,应该问他一点什么。可是教授很快就拦住了,"这完全无所谓,只要我儿子能回来,我就满意了。管它发生了什么事,人总是生活在他的孩子们当中,所以……"他用胳臂搂住克拉丽莎的肩膀……"坚强些,您不知道,人老了,会有多么孤单。"

一九一四年十一月、十二月

克拉丽莎当晚就返回野战医院,尽管她还有三天假期。她必须干点什么,她想麻痹自己,可她又不得不一再思索:这孩子正在渐渐长大。她现在需要坚毅果决的精神,因为她心里总是害怕自己又会动摇不定。可是她知道:从那里已经没有任何退路。这意味着破釜沉舟,身后的桥梁已全部拆掉。她终于下定决心,她现在一切都明白了,她将不得不咬紧牙关做人。一天之后,她去院里报到。

费尔赖特纳医生,那位来自蒂罗尔的花白胡子的乡村医生欢迎她,"我都已经在找您了,我正好需要您做件事。您是不是在维也纳西尔伯斯泰因那里当过助教?"

克拉丽莎说:"是。"

"这位枢密顾问先生,看上去有点神志不清了吧。我在报上读到点消息,他居然拒绝在宣言上签名,不签也罢,还发表了一份什么小册子,说什么:'科学是国际性的,超国际的;一个有头脑的人必须置身度外,不要掺和进去。'我们现在就需要这些人,这些国际主义的,超国际的先生们,恰好在我们民族性命攸关的时刻,需要这些先生。这都是些叛徒,就该把他们当叛徒对待。您看——他们已经把他开除出科学院了。这个爱吵架的家伙,居然这样放肆,在他的小册子里把法国人称作一个伟大的文化民族。现在,正当成千上万勇敢的小伙子死于非命的时候,他却说出这般话语——当然了,因为他们把荣誉团勋章挂在他胸口上了啊……是啊……我想说什么来着……对了……您当过他的助教,在他那儿总还是学到点东西的,这家伙专业还是懂的,就这样吧,这头蠢驴……那么,好……在另外一个科室里,我们在6号病房新收了一个病人,神经有些错乱,因为空气的压力把他抛了起来……没有什么严重的创伤……一个劲地哆嗦,有语言障碍,大声痉挛性的哭哭啼啼,外表上什么也查不出……脑震荡……成天躺在病床上,给他吃什么就吐什么……是啊,我想说什么来着……我只去看了他四次,可我觉得有些不大对头……我就觉得这小子在装病或者夸大病情;可是,关于神经疾病我懂得不多,都是些麻烦玩意儿……不是我的专业……我要求您的是,克拉丽莎护士:您稍稍注意一点儿,您有事没事地到那个科室去走走,千万不要惹人注意……瞧瞧他是怎么回事……瞧瞧他的温度,是不是只有在我们走进病房的时候,他才开始哆嗦。您把部里颁发的公告弄来瞧瞧,这些策略家把想得出来的一切花招都列了出来……也许我冤枉他了,但是我们现在病床奇缺,我们必须小心,别让一个小子躺在病床上偷懒,而其余的人却在尽忠职守。"

克拉丽莎答应了他,当天下午她就去巡视6号房间。房里有四张床,其中两个病人,她上一次就认识。两个头部中弹的士兵,绷带遮住了他们的眼睛。克拉丽莎不知道,他们的眼睛是否还能获救。靠窗的床上躺着新来的病人,他正在睡觉,大约二十七岁,长了一张孩子气的柔软的嘴。也许凭他一头褐色的卷发和他光亮的额头,长得还挺漂亮。可是他的脸白得骇人,眼睛深陷在眼窝里,使他的脸有点像面具。只有他的嘴,睡着了还像个生气的孩子似的噘着。克拉丽莎走到他的床边,这时轻微的响声把他吓醒。他蜷起身子,用他褐色的眼睛凝视着克拉丽莎,面颊一个劲地哆嗦,眼睑颤个不停。"什么……事?"他跟克拉丽莎招呼。"您不要害怕,"克拉丽莎说道,对他进行安慰,走近病人,"没事,我是那边的护士。我刚休假回来。"可是那病人哆嗦得更加厉害,开始浑身颤抖,下巴也直打战,上下牙不停地打架,发出咯咯的声响,惊慌失措地,他口齿不清地说:"您是不是,"他结结巴巴地说,声音几乎都听不清楚,"又要检查我?!我……我再也受……不了啦。我要……安静……我的脑袋……都要炸开了,我再也受不了啦。"他把两条胳臂紧紧地贴住自己的身体,一阵歇斯底里的痉挛撼动他的全身。克拉丽莎安慰他:"不会,今天不会再有检查了,只有您的体温,我要量一下。"病人稍稍从枕头上抬起头来,费劲地结结巴巴地说道:"请您……今天……别……别检查……请您别……检查我……我累了……我再也受不了啦,请您可怜可怜我,护士,我请求您……亲爱的,亲爱的护士……请您让我睡觉……亲爱的护士。"他用一种奉承的声音说了这番话。这嗓音,也许有点过于柔软,过于温柔。"好吧,"克拉丽莎说道,"明天早上第一次查房时我才再来,我现在只看看您的这些表格,看完就走。"她果然只看了一下病人的表格:"高特弗里特·布朗柯里克,候补军官,步兵团,二十七岁;病案描述:遭到掩埋——骨折?"那声音又轻轻响起,带着请求的口吻:"请您给我看看那张纸,我想……知道,我受了什么伤……我还……还得……写信给我母亲,我的母亲……我必须。"克拉丽莎很不高兴。病人很奇怪地,一下子清醒起来,脑子也很清楚,尤其是他嗓音里那种谄媚奉承的劲头,"以后吧。"克拉丽莎简短地说了一句,把表格放下。病人又默默地躺了回去,嘴巴旁边又出现那种赌气的样子。他的身体又颤抖起来,仿佛他觉得冷。克拉丽莎发现,看上去他仿佛又用双臂夹着自己的身体,也许费尔赖特纳医生说得没错,是得好好地观察这个病人。她平静地说了声"晚安",就走出病房。一会儿她就把这人忘记。她只想着她体内的胎儿,它正在长大。随着它的长大,克拉丽莎的害怕和恐惧也跟着增长。在她独自一人时,她只想着这一件事:有了这胎儿,她已不再孤独。

☆　　☆　　☆

第二天,克拉丽莎也参加对年轻的布朗柯里克的检查,虽然这不属于她的科室,除了团队军医费尔赖特纳医生之外,上级军医维尔纳医生也在场。此人说话蛮横,态度粗暴,大家都怕他。"喏,看看您吧,"他开口训斥那个浑身哆嗦的布朗柯里克,"快爬起来,现在,别胡闹!"护士们把这不幸的年轻人扶了起来;克拉丽莎看到他裸露的上身,大吃一惊。他骨瘦如柴,细嫩白皙的皮肤上汗毛直竖。最近几个星期所有的一切,都比以前更容易使克拉丽莎激动。她已经无法沉着自信。上级医生在病人的膝盖上测试他的反应。克拉丽莎看着他的脸,眼睛里有一股难以描述的惊恐之意。迄今为止,她从来没有在一个人脸上看到过这样的表情。他的身体,甚至他的胸部、头部都在颤抖,头发上沾满了汗水。"麻烦,"

上级医生喃喃自语,"这家伙抖得那么厉害,你根本什么也感觉不到。"他又冲着病人大叫:"保持安静!"被检查的病人,面部轮廓拼命扭曲,眼睛发出一股白痴样的表情。上级医生厉声问他:"您是在什么地方被掩埋的?"吃惊的病人舌头发干,结结巴巴地回答:"不……不知道。""什么话,您不知道?胡说八道,骗人,您必须知道,您参加了哪次战斗。"但是这个受到折磨的年轻人又重复一遍,浑身颤抖,脑袋直晃:"我……不知道。"上级医生恶狠狠地看了他一眼,摸了摸他的肌肉:布朗柯里克感到一阵寒噤,一阵颤抖又传到他的全身——上级医生转过头去,低声对团队医生喃喃地说道:"这人全身都垮了,不过我认为,主要是怯懦作祟。反正必须对他严加观察,用用电击,不出一个星期他就会死掉。不然,就该对他进行上诉,他又什么都没吃吗?""早上吃了点早饭,可是后来又都吐掉了。"团队医生转过脸去,上级医生生气地说了声:"哼,咱们最好下班车就把他送到维也纳去,让他们诊治他吧,我们可不能让他在这儿瞎躺几个星期。"然后又走向旁边那张病床。

克拉丽莎心情激动地留下。她发现当护士们把那年轻人重新放在床上躺下时,病人脸上流露出可怕的惊恐神情,他的脸像死灰一样苍白:克拉丽莎觉得,这似乎反映出她自己的惊恐。病人小心地倾听着上级医生沉重的脚步声渐渐远去,他才平静地躺着,可是颤抖依旧。克拉丽莎对他感到难以估量的同情。她坐到病人的身边:"好了,现在您好好休息。您瞧,查房并不是那么可怕。您必须赶快增加力气。"病人听到克拉丽莎的声音,睁开眼睛,眼里闪烁着一种柔软的感人之情。"您不想再吃点什么?"病人的嘴唇动了几下,一句话也没说出来。他双手直颤,脑袋也摇个不停,憋出一个字来:"不……不……不要!"然后他就躺着,一动不动,睁着他那双褐色的眼睛,凝望着克拉丽莎,仿佛他想紧紧抓住克拉丽莎。"我能为您做点什么吗?"年轻人使劲地嚅动嘴唇。"待着,"他非常轻声地说道,"请您待在这儿。"

克拉丽莎就坐在他的床边,一动不动。她想着莱奥纳尔,也许他也精神错乱,也许他也脸色这样苍白,也许有个什么人也待在他身边,也许他正想着克拉丽莎,他也可能正在做梦。克拉丽莎走到旁边去了一会儿,因为有个伤员在那儿呻吟,声音一直扎进她的心里。现在一切都这样扎进她的心里。一切梦幻般的感觉。突然之间她感到有只潮湿的手搁在她的手上,她从幻梦中惊醒,恍恍惚惚地俯身向着布朗柯里克,是不是有什么事找她。布朗柯里克只是睁着一双他特有的狗一样的目光,一种水汪汪、怯生生狗一样的目光凝望着她,"您真好……"他轻声说,"真善良……善良……而又美丽。"真是奇怪,他看上去不再像是一个病人,他像是来自一个幻梦:一抹淡淡的微笑开始在他嘴边漾起,现在他看上去又像一个男孩,一个孩子。克拉丽莎想起了她自己的孩子。

☆　　☆　　☆

以后几天,克拉丽莎特别照顾这个新兵。这里到处都是男人,伤痕累累的、断手断脚的男人。只有布朗柯里克有点像孩子,他二十七岁,长着一双蓝眼睛[1]。他看见克拉丽莎就露出微笑,他抓住克拉丽莎的手,克拉丽莎正梦想着孩子。在这个年轻人身上有点

---

[1] 原文如此。

东西,使克拉丽莎受到感动,尤其是他总是无助地靠在克拉丽莎身上。克拉丽莎觉得,此人想要她做点什么,有人需要她,信任她。下午她坐在布朗柯里克床边,代他写封信给他母亲:"我的母亲,我可怜的母亲,"他哭道,"我被泥土掩埋了……"眼泪边说边流,很可能现在克拉丽莎身为人母,心肠也就变得更加柔软,不仅是她的体形,在这几个月里发生变化,所以她自己也流下了感动的泪水。她待在布朗柯里克的身边,病人身上孩子气的成分,他的孤立无助让克拉丽莎留在那里。布朗柯里克向她说了许多,可是他没有清清楚楚地说出,他过去曾经是干什么的。在布朗柯里克谈到他母亲时,克拉丽莎因为同情而变得柔和,这是她身上的母性。这样过了将近两个星期,她好几次帮布朗柯里克起床,她扶着他,她多次觉得,盯着她看的仿佛就是她自己的孩子的眼睛。她一到这年轻人的床前就觉得,他似乎健康起来。克拉丽莎发现,她在床边坐下,就觉得这个病人非常高兴,然后就说:"……您多么善良啊。"她同时无法消除费尔赖特纳医生说出的那种怀疑。这位医生曾经是个药剂师。有时布朗柯里克想必也注意到,他谈起他的母亲,克拉丽莎就很感动。大家睡觉的时候,他却很奇怪地醒着,平时他总默默地躺在床上,身上的颤抖继续,他说的话,毫不连贯:尽管他清楚知道,他是如何被土掩埋的,一想到这个场景,他总一再惊得直跳起来。他老问,什么时候查房。克拉丽莎心想,要么是查房扰得他心神不宁,要么就是他心里有鬼,然后他甚至因此无忧无愁高兴起来,甚至笑容满面。"您将把我变成一个健康人。"可要是再进一步,他就立刻把脑袋转回去,摆出原来的神气,开始结结巴巴地说话。他开始说的时候声音很轻,然后忘乎所以,不由自主地表示,他很高兴。

等到另一个病人睡着了,他也就不再结结巴巴地说话。克拉丽莎怀疑起来:"您今天说话,说得很好,很有进步,不久我们就能把您治愈。"这年轻人一惊,就像一个孩子在干坏事时被人抓个正着。"不……不……这只是……和您说话。跟您在一起……您……您有一双善良的眼睛……您的眼睛让人放心。"克拉丽莎听了这话产生一股不舒服的感觉,尽管这病人看上去充满柔情。他向克拉丽莎谄媚,称赞她的头发。这个可怜的年轻人,他大概很长时间没有看见过一个女人了吧。可是她怎么能让另外一个男人赞美自己。然而在这年轻人的本性里有些东西,克拉丽莎无法抗拒。是啊,这种东西,她平时没有注意到,可是在这里她予以肯定。在她离开这个病人时,甚至在她从他身旁走过,穿过他的病房时,病人表现出来的恐惧,她觉得都是真实的:克拉丽莎没法抗拒。"您不能,不能撇下我一个人,不管我。没有您我就完了,没有您我就毁了。"他抓住克拉丽莎的双手,就仿佛克拉丽莎知道,如何抓住一个人,别让他溺水似的。其实她自己才在等待,因为她知道,有人在等她。年轻病人的怯懦对她发生的作用犹如一场噩梦。她注意到了一些矛盾。

费尔赖特纳医生问她:"怎么样,您有没有观察到什么?"克拉丽莎觉得心里很不踏实。高特弗里特·布朗柯里克向她谄媚。他很娇嫩。可是他想知道,什么时候查房。……不知怎的,他是在撒谎。然后克拉丽莎也回想起,她擦洗他的身体。在回忆中,这个身体就像在她眼前。这个年轻人紧靠着她,说道:"母亲……像个母亲……"说也奇怪:在检查身体前一天,这病人的状况就会恶化。

大家不得不把这情况告诉克拉丽莎。

关于这事克拉丽莎一点也没有告诉费尔赖特纳医生:"我不知道。但是他身体垮得很厉害,只剩下皮包骨头。"可是她决定,注意费尔赖特纳医生提出的问题。这病人充分利用了一样东西:恐惧。克拉丽莎原来毫不猜疑。现在她心里升起一股子反感,对不正当行为的反感。她真的希望这小子走开。

有了这种怀疑之后第四天,情况更加糟糕。克拉丽莎吓了一跳。我冤枉他了。他躺在那儿,一点血色也没有,筋疲力尽。护士报告,他又呕吐了一气。眼睑发青,嘴唇发灰,颤抖持续不停。克拉丽莎感到羞愧,她竟怀疑了一个病人。她向病人俯下身子:"您怎么了?"年轻人咽了一口唾沫,用眼睛示意要水,克拉丽莎给他喂水。他有气无力地低声说道,"我玩完了。他们送我到维也纳去……我……在……那里……没有您……坚持不下去……我受不了。"克拉丽莎不由自主地抚摩他的头发。他浑身战栗,阵阵痉挛使他浑身颤动。"我受不了啦……我彻底崩溃……我不让他们再继续折磨我……没有您……您撑住我。"克拉丽莎安慰他:"这毕竟只是为您好啊,您在那儿,在委员会面前,他们会宣布您不适合上前线,或者把您送进一家疗养院。您在那儿的生活比在这儿好。""不,老天爷啊……没有您我就死定了……请您让我再活几天……让他们在这儿检查我吧……这儿您看见了……作为朋友……那里我孤身一人……到那儿我就毁了……我……我不愿到维也纳去……请您跟医生说……我在这儿有您……姨妈要来两个人……还有一个星期。"克拉丽莎答应他,去跟医生说。

克拉丽莎跟医生说了这事,医生咕哝了两句。她向医生解释,高特弗里特·布朗柯里克情况很糟,不宜于搬运。她觉得病人今天又虚弱了,咱们负不了这个责任。"好吧,既然您这样认为。他是垮得很厉害。可是我不喜欢他。"

克拉丽莎把消息告诉年轻人。他还一直在颤抖。克拉丽莎接住了他的目光,同时脸上升起红晕。为此她很生气地走开了。

☆ ☆ ☆

第五天,发生了下面的事情——克拉丽莎没打招呼,突然走进了布朗柯里克的病房。她不知道房里有客人,她觉得很奇怪。客人是位老太太,几乎充满了柔情。任何人对探视时间都不大清楚,这样倒也不错,总比一个劲地空等一个星期要好。布朗柯里克贪婪地吃着他的早餐,请她再多给点。他又狼吞虎咽地吃了下去,尽管有人站在床边。此人衣衫褴褛,看见他别人都会吓一大跳。他病容满面。克拉丽莎产生怀疑。

克拉丽莎不喜欢高特弗里特·布朗柯里克有个秘密,就像前几天那样,这年轻人说:"这是我父亲。"克拉丽莎知道,他在撒谎。因为她明明听见,来访者称他为"您"。

现在她发现,有只拖鞋放在床上,她很吃惊。她就动手做她的事,仿佛她什么也不知道。布朗柯里克在被子里倒腾什么东西,克拉丽莎看了很不高兴。她发现这个年轻人一脸惊慌。等她向他走去,感到这年轻人在结结巴巴地说话。克拉丽莎看见他的眼睛流露出极不安定的神情。她猜到,他藏了什么东西。克拉丽莎第一次怀疑,他欺骗了她。这种感激,这疾病,都是演戏!是什么阻止她和费尔赖特纳医生谈话呢?——第二天早上,布朗柯里克被带去进行一场电气沐浴,反正克拉丽莎并不在场。八点以前还不是她值班的时候。两名看护人员走了出来。她有这么一种感觉;她想知道这事,年轻人不老实的态度激起了她的愤怒。

克拉丽莎走进前室,让一名看护人员向病人通报她来了。等他看见克拉丽莎走进房来,比他平时见她时早半个小时,他大吃一惊,"怎么回事?"他的动作突然受到拘束,"才七点钟呢。""是的,七点,我把时间调早了一些。""我是……我是。""您还是走吧!"他的目光直瞪着克拉丽莎,两个护理人员把他抬出房去,他还叫了一声:"我的手绢!"

克拉丽莎把护士叫来,把床铺好。她心想,抽屉里藏着什么东西,可是抽屉里放的尽是布朗柯里克的东西,没有别的。即使在床上,在枕头底下,她也没有找到什么。她为自己冤枉了这个年轻病人感到羞愧,最终她只完成了别人给她的任务而已。她都已经打算离开病房了,不料在她把病床推到墙边还原时,却看见了病人的一双拖鞋,是他日常用的那双草织的拖鞋;克拉丽莎凭着自己无意识的爱整齐的本能问她自己,这两只拖鞋怎么会放在床底下那么远的地方,于是她认为,这双鞋一定是他用起来不大方便——可是顷刻间她那业已碎了一半的回忆又浮现出来,那个女人昨天把两只拖鞋放在病人床上的枕头旁边。克拉丽莎便伸出手去,摸了一下拖鞋,在左边一只拖鞋的鞋底顶端摸到一块硬邦邦的东西。这是一只纸制的小盒子,在药房里经常可以看到。旁边还有一个小圆盒和一小袋白色粉末。果然如此!费尔赖特纳单凭农民的本能就看得清清楚楚。克拉丽莎先打开小铁盒,里头有股烧焦的味道,她尝了一尝:这是一种焦煳味的呕吐剂。由于都是白乎乎的颜色,她没法做出更多的判断。她现在一切全都明白了,病人让自己通过饥饿消瘦下去,在检查他身体之前,他就服用一点呕吐剂,不让食物留在他胃里。他把他们大家全都骗了。

克拉丽莎心肠有点变硬了。她从小是在军人家庭里受的教育,军人的正直是她的准则。病人的花招使她生气,她把病床推到墙边,把小铁盒放进口袋。她故意等在那里直到病人给送回来,放在床上。两名护理员离开病房。等到他们又是两个人单独待在一起,病人在床上坐了起来,"您过来……唉,他们又把我折磨了一顿。"克拉丽莎站着不动,眼睛严峻地直视着他,"您不会再受多少时间折磨了,"她语气犀利地说道,"喜剧已经演到头了。"

病人脸上立刻浮现一片不安的神情,眼睛发出闪烁不定的光芒。"什么……喜剧?"他的结结巴巴的语气练得非常纯熟,以致现在一害怕就马上说起话来结结巴巴。"您别努力结结巴巴地说话,这愚蠢的装病的把戏现在结束了。医生们早就觉察到您的把戏,您在我这儿可是完全露出了马脚。"

病人语无伦次地说道:"不过,护士……克拉丽莎护士。"他伸出双手,摆出一副哀求的样子,仿佛想把克拉丽莎拉到自己身边。可是克拉丽莎依然站在远处,从口袋里拿出两个小盒。"这里装的什么,他们很快就可以查清楚。可是我劝您,别逼我去告发您,别再演戏了。至少我会让您免受惩罚。您别占据别人——真正生病的病人——在我们科室里的床位,您最好赶快从这里消失。"

布朗柯里克开始浑身发抖;克拉丽莎发现,他的手脚在被子底下都颤抖个不停。这一次他的颤抖和他的结结巴巴都是真实的。他的脸色灰败,额上沁满了汗珠,"我的老天爷啊……护……护士……您听我说……我……我的确生病了……我……我不是装病……我……我只是受不了这事……从他们把军装套在我身上的那个时刻起……我……我这人就成了一个残废……每当一个军官,一个身穿军装的医生看我一眼,我的两个膝盖就哆嗦;我的脑袋就发晕……我说不出话……我就像掏空了一样……我的神经受不了……这一切……只受不了……当兵……和打仗。"

克拉丽莎严厉地直望着他,"您没有病……您只是胆怯……这就是您的全部疾病。"

"是的……我是胆怯……您这么说……我是怎么样,就是怎么样……我不得不老是想着最可怕的事情……您……您没法感觉到……这个嗜血的恶狗,这个医生如何……可是这……我没法看见这可怕的事情……没法忍受。是的,我害怕……害怕是死了千百次,比死亡可怕得多……别人在战壕里有说有笑,还玩纸牌……而我竖起耳朵在听……我害怕……害怕我自己的武器……我不敢碰……我的手枪……和它冷冰冰的枪管……我不能碰它……其他人没有神经……感觉不到死亡就在大腿底下。现在……现在现在我只等着炮弹把我们全都打倒……然后都埋在土里……等他们苏醒过来……脸上湿漉漉的……感觉到别人的血,就大声吼叫起来……我没法呼吸……我……我们乘坐的是一列装运军火的火车,他们……他们坐在沉重的炮弹上面;从车厢里搬下来……我每分钟都在发抖……生怕有枚炮弹会掉下来,会爆炸……我身上冷汗直流……我……我没法,我止不住……是的……请您同情我……请您好好瞧瞧我……我已经垮得不能再垮了……我……我再也受不了啦。"

"您老不吃饭,老饿着,还让什么无赖给您带呕吐药来,当然彻底垮了。"

"宁……宁可饿死,也……也不再上前线……我再也不愿意……宁可马上就死……我不……不是士兵,让他们……他们派我去挖马路……派我去清扫茅房……我……我什么……都能干,可是不能等着,直到……炸弹爆炸……我不……我不能拿着刺刀……去捅人……而且……"突然他像得了一阵痉挛,大声喘气——"而且我不愿……我不愿……我不愿……让他们打死我吧,马上打死我,但是我再也不上前线……好吧,您告吧……您去告发我吧……您去告诉他们……我不再上前线。这整个白痴一样荒唐的事……跟我有什么关系……我见过的东西实在太多了……我不再上前线。"

克拉丽莎转过脸去,她感到恶心。可同时她回忆起来,她自己也曾求过莱奥纳尔,别回到法国去。她定睛看着布朗柯里克,他那漂亮的年轻的面孔完全扭曲了。在他可怕的发光的眼睛里充满了恐怖,脸上有股疯狂的神情。克拉丽莎不顾内心的反感,产生了同情之心。

"幸亏别人不是都像你这样的窝囊废。"克拉丽莎轻蔑地说道,转身想要离去。

"别……别走……请您留下,"他哀求道,"请您不要看不起我……我……我只是一个人……我……我并不是坏人……我从来没有……加害过任何人……我是废物……别人不是饭桶……我……我不能当兵……您没有看见过……他们……他们带着刺刀……直捅……没有看见他们的……眼睛愤怒得闪闪发光……您不知道……风从战壕吹来……如何把……臭气吹来……所有的肉都腐烂了……啊……啊……甚至于这样吊着,这样咆哮……啊……我不能……我要回家……我母亲……母亲有一个小小的庄园……我要生活在那里……不伤害任何人……啊……我要帮助每一个人……我向您发誓……但是请……请您帮帮我……帮帮我……请您把它还给我……我是不是在场,又有什么关系……我只会用我的恐惧使别人心绪不宁……明……明天,他们又要来折磨我……用他们凶恶的手在我身上乱摸,就像对待牲口……请您……请您把它还给我吧……我求求您,用……用上帝的名义……用……用我可怜的母……母亲的名义求求您……我是她的独生子……她没有一个亲人,除了我。"

眼泪一直流淌到他的面颊上。克拉丽莎不知道,什么是真话,什么是谎言。"您爱怎么干就怎么干吧……我什么也不想知道……你干的事,自己担风险。"说罢,她把两只小盒子扔给他,离开房间,就像逃避她自己似的。

☆　　☆　　☆

克拉丽莎还没有迈过门槛,就已经对自己生起气来。"这全是偶然,碰巧而已。我完全可以没有看见这些东西,可是我都干了些什么呀?!我真不该把那些骗人的东西还给他的,"她心里想道,"就算我没有告发他,可我也不该帮助他呀。"但是她内心深处完全知道她的弱点。布朗柯里克说:"我的母亲没有一个亲人,除了我。"……克拉丽莎自己的孩子有朝一日也会这么说。除此之外她还有谁呢?现在念头又转到孩子身上,这孩子两天前还在她肚子里蠕动。从此克拉丽莎看一切全都两样了,不再是只有国家和义务,就仿佛她肚子里的这另一个人决定了她的人生。

☆　　☆　　☆

第二天,克拉丽莎没有参加医生查房。她不想参演这出滑稽剧,她受不了这个病人求助的目光,她不愿意被人问来问去。这一切跟她又有什么关系?她躲开了医生,她生平第一次干了一些不正确也不正派的事情。她觉得很不干净,但是这难道不仅仅是个开始吗?等到孩子生下来,她不是也非撒谎不可,非东躲西藏不可,非弄虚作假地陈述,非向父亲、向神父、向朋友们、向国家说谎话不可吗?也许甚至不得不向那尚未出生的胎儿说篇谎话;它可不能知道,自己是一个敌人的孩子。她的自我不再是她的自我,她被分成两半,一半是真话,一半是假话,就像那边的那个人一样,她不是也在为那孩子的生命而战,就像那个人为他的生命而战?

到下午,她知道布朗柯里克就一个人待着,她才走进他的病房,这可完全违背她的心愿。可是她已经纠缠进去。年轻病人躺在床上,双目紧闭,筋疲力尽。克拉丽莎不再感到自己这样做有什么不对。"他筋疲力尽就像一头被人追逐的动物,掩护他并不是掩护一个罪犯。他并不是生来该杀人的,他长着一张孩子似的柔软的嘴巴。"

布朗柯里克睁开眼睛,认出克拉丽莎。他的唇边掠过一丝微笑,他满面春风地对克拉丽莎说,"愿上帝……上帝赐福给他们……再过一个星期……他们会签字证明我不宜于当兵……昨天晚上带我去见委员会时,还有费尔赖特纳医生在场……我真的虚弱得不行,不管您说什么,我是得救了……自从我和您谈话之后……我的喉咙噎得慌……我只好什么也不服用,我向您发誓,我用我母亲的生命向您发誓,我什么药也没服……我没……您自己也瞧见,什么也没服用……我心里难受极了,一口饭也咽不下去,我绝望极了,因为……因为您看不起我……我不愿再……您是一个女人……对不对,您并没有看不起我,克拉丽莎护士。"

克拉丽莎实在狠不下心来对他态度生硬。"如果医生们认为您不适宜上前线,那您就真是不合适。我和这毫无关系。"

"不过,可不是吗……如果别人问您……您还要说话……您还要为我说话……您不会说我坏话……自从我能希望他们……会放了我……会让我重新做人,我……我这才又开始活了过来,我别无所求……只希望活着,活着……我们在我们城里有一家小药铺……我可以干活……只不过要有人跟我一起干,帮助我……我是个软弱的人,生性轻率,过于信任别人,我会一而再地丧失勇气……您知道,我有多么软弱……没有您,我会觉得我毫无希望……您对我很厉害……可是您理解我……我现在必须开始一个崭新的生活,完全从头开始……我最好要有一个人在我旁边……帮助我,支撑着我……有一个像您这样的人……每当我看见您这样沉静,这样能干……我……我就想,要是有一个像您这样的人和我在一起,我会变成什么样子啊……我必须脱掉这身该死的衣服,离开这座医院……我只会想念您,我已经对您完全习惯了……我知道,没有您我没法生活……克拉丽莎……您是否愿意帮助我?"

克拉丽莎一头雾水,"叫我怎么帮助您?"她觉得布朗柯里克的话多愁善感,便微笑道:"从前我怎么对待您,以后还会是这样。"

布朗柯里克直瞪着她,既激动又感激,"不是……是这样,我需要您……我的意思是……要是他们现在真的放我走……我什么也不是……是个虚弱的病人……不过要是他们现在真的放了我,我可以回家,您会……您会和我一起走吗?……我……神父跟我说过,我现在这种状况,他们在两天之内……就……要是医生们看见,您要嫁给我……您这就救了我……他们就会马上放了我,单单看在您的分上……他们都挺喜欢您,所有的人都喜欢您……但是没有一个人像我这样……在整个这段可怕的时间里,您是唯一对我好的人……您要是能永远对我好就好了……您就是好……不会是别的样子……您在这儿干什么……跟我走吧……我……我需要您……其他的人也都会看护病人……而我们可以马上结婚……现在结婚多么容易……要是这样我的母亲就会高兴死了……"

"不行,"克拉丽莎直视着他,"您现在还想贿赂我!您用虔诚的神气贿赂神父,用金钱贿赂勤务兵。而我呢,您想用求婚来抬举我。我相信,您一定昏了头了吧。"她说道。她心想,布朗柯里克是想收买她,所以建议和她做笔买卖,她感到这事太玩世不恭,气呼呼地离开了病房。

☆　　☆　　☆

克拉丽莎刚在身后关上房门,就站住了,她的心突突地狂跳起来。她感到愤怒和羞耻。事情来得如此突兀,这人竟在追求她。她是不是向这年轻人表现得过于亲切,是不是对他太好了?倘若有人会追求她,她觉得就像是对莱奥纳尔在犯罪,与此同时她心里又感到怪怪的。这年轻人向她表示感谢,这还是挺感人的。她想写信告诉莱奥纳尔:"有人在追求我。"可是这个想法使她忘乎所以,有人对她这样死心塌地——他可是第一个追求她的人啊。"倘若他知道,"她心想,"我……我怀着另外一个人的孩子……他会不会大吃一惊?"她感到心里很不自在。那她就不再可能到他那儿去。他的赞赏就会荡然无存,他也会和其他人一样对她表示轻蔑。

一九一四年十二月

这天晚上,克拉丽莎无法入睡。尽管疲倦已极,可是她得思考未来。布朗柯里克奇特的求婚使她意识到她的处境多么艰难。因此她彻夜未眠。她不知道会发生什么事情——她一直觉得一切都轻而易举,谁也没有猜到什么。别人赞美她,反而使她更加痛苦。她一直看不起撒谎,可是她现在自己不得不撒谎,而且还得不断撒谎。

她仔细端详自己在镜子里的面容,觉得每个人都在监视她。她考虑是不是现在就离开这里,但是她想起父亲就心里发怵,该怎么向他解释她以后几个月的无所事事呢?

她疲倦地起床,一举一动都惘然若失。她只好在一把靠背椅上坐下。费尔赖特纳医生问道:"您怎么啦,孩子?您这样子我不喜欢,看上去您操劳过度,您必须放松放松,吃完饭马上去躺一会儿。今天晚上我们还需要您呢。您听着,今天晚上有战地新闻俱乐部的歌舞演出。轻伤病员都去观看,您得一起去。"克拉丽莎表示婉拒。她曾经观看过一次这样的演出。这个战地新闻俱乐部到处巡游,演出轻歌剧和轻松的歌曲,掺杂着爱国主义的吟诵。一半是为了让演员有活可干,一半是为了让伤员开心。这样一来,就算这些伤员在报上读到人们在维也纳和布达佩斯如何寻欢作乐,也就不会感到自己这么陌生,这么被人遗忘。

克拉丽莎很不乐意去看演出,问医生自己是否可以不去,她已经看过一次。这种欢乐情绪使她痛苦,至少现在是如此,但是费尔赖特纳医生坚持要她去看演出并亲自说服她。

歌舞场地就设在军官食堂。这是一个有座小舞台的大厅,为观众准备了几张桌子,军官们和伤员们就坐在桌边;后面摆了一排凳子,是给士兵们坐的。有几个市民也获许得以入场。晚上的场面真令人震撼。那些截了肢的伤员用担架抬了进来,一阵轻微的碘仿味道散发开来;医生和军官跟着进入大厅,只有重伤员留在病房里。在办公室里用打字机打出的节目单分发给大家。预告有位相当上了岁数的歌剧女歌唱家要来献艺,有位来自卡尔剧院的报幕人主持演出。宫廷剧院的演员将演出施尼茨勒①的剧作《阿纳托尔》中的《临别晚宴》,轻歌剧的女明星卡门·玛里拉将演唱轻歌剧中的歌曲。一台所谓的五花八门精彩纷呈的晚会。

克拉丽莎被请到专门为费尔赖特纳医生预留的桌旁就座,这是医生的桌子。报幕人宣布演出开始,他非常风趣地谈到敌人,大家拼命鼓掌。这番话说得大家高兴,仿佛是专为伤员说的。克拉丽莎僵坐着一动不动,她没有认真听他说些什么。这种欢快情绪让她难受,"不错,我们将喝杯葡萄酒。"克拉丽莎考虑是不是可以站起身来退场,这时那位轻歌剧的歌星登场。一个年轻的女子,她

---

① 阿图尔·施尼茨勒(1862—1931),奥地利小说家、剧作家。

又歌又舞,唱了一段莱哈尔①轻歌剧里的曲子。她的嗓子很悦耳,"一个漂亮时髦的小妞。"从她身上发出一阵令人触电的效果。她接着唱,克拉丽莎没有仔细倾听,她没法摆脱自己那种麻木不仁的状态。可是在那歌星唱到第二段歌词的时候,克拉丽莎心里突然有什么东西倏尔苏醒。她注意到了那个女人轻盈的动作,脸上的脂粉并没有遮去她俏丽的脸庞。她头戴一顶旧日维也纳的草帽,身上有什么东西吸引克拉丽莎,使克拉丽莎大感兴趣。等她谢幕以后,响起一片无休无止的欢呼,有人给她献上好几个花篮。在下一个节目结束之后,她又出场致谢。克拉丽莎看见这位歌唱家拿起军官席上送给她的鲜花,把它们分赠给伤员。有人低声说:"迷人的姑娘,我们得把她请到我们的桌上来。"歌星走过去,向每个人都展现微笑。这时克拉丽莎心里突然一动,她想起来了。她站起身来,尾随着那位歌星,问道:"是玛莉蓉吗?"

轻歌剧的明星转过身来,"克拉丽莎!"顷刻之间,她已经与旧日一样亲热地拥抱克拉丽莎。克拉丽莎仔细端详她——现在盛装打扮,觉得她已经有点变样了。克拉丽莎差不多已经有四年之久没有看见她。"我多少次想你啊——要是我知道你在哪儿该有多好,现在你在当护士啊!本想写信给你父亲,可我又不敢。来,我们得互相好好说道说道,咱们坐到桌旁聊一会吧。"

克拉丽莎向她的邻座道歉——说她马上就回来,邻座们对她们的亲昵劲不胜惊讶。克拉丽莎坐到玛莉蓉旁边,说她当时听说玛莉蓉失踪,真吓得要死。没有人给她消息,她们大家担心,她是

---

① 弗朗茨·莱哈尔(1870—1948),奥地利作曲家,因其轻歌剧而闻名。

不是寻了短见。

"也就只差一点,"玛莉蓉答道,"我当时溜出修道院,其实什么也没想,就想一死了之。你还记得吧,有一次在日内瓦湖畔,我已经不想活了。那时候只是因为我傻乎乎的恋爱而气恼。我还不知道,我遭遇到了什么事,可是当时通过那个恶意的臭丫头,我第一次听到了'杂种'这个字,我立刻什么都明白了。我明白我母亲为什么把我这样塞来塞去,躲躲藏藏。为什么有时那些年长的人这样满怀同情地抚摩我的头发,他们比我自己更了解我的来历:一下子我什么都想起来了。我记得有个身穿丧服的老太太直瞪着我,喃喃地说:'Le pauvre enfant!'①这尤其让我恍然大悟,为什么后来在埃维昂的那一家人突然中断了和我们的交往;从此之后,我母亲也不再把我带在身边;把我塞到你们当中,把我藏在你们那里。这时我明白,我的一生全都毁了,或者我觉得是完了;我那时毕竟还是一个傻孩子啊。可是我不相信,我一辈子会再一次像那个晚上那样难受至极。他们当时把我像条癞皮狗似的关在一间房间里。他们想要整我,怎么整我,我不知道,我也不想知道。一大清早,我就把一张床单做成一根绳子,从窗口坠了下去,爬过花园的篱笆——是啊,屋子里有个铁皮盒,里面存放着我们为穷人募捐募来的钱,我打开盒子取出一点钱坐火车。但愿我母亲把我取走的钱给补上了——我是不是小偷,我已完全不在乎……你了解这个,不,你无法理解当一个私生子被赶出来,我会有什么样的感受。你了解我,我是多么需要大家都喜欢我。我受不了有人居高临下

---

① 法文:可怜的孩子!

地看着我……于是我趁那些亲爱的嬷嬷们还没派人找我,我就搭上火车。到了维也纳,我不知道该到哪儿去……我在维也纳有的是亲戚和熟人……可是自从我知道我的身世,我宁可从五层楼上直跳下去,也不会决定去找什么人……我就——可是你别笑话我——走进了博物馆,谁会到博物馆来找我,说不定他们已经在多瑙河里找我了呢……下午我在一家甜食店里吃了点东西,就满世界瞎逛……你总不能走到一家饭店去啊,我也没有这个胆子。可是我已经累……累得要……我就在岑贝尔格花园坐着。一个年轻男子从我身旁走过,相当帅气。话说回来,也是个挺讨人喜欢的小伙子。他走过去,又返回来,来来回回一次两次,最后他和我打招呼……哪,你一定会想,全是惯用的套话,一个人这样孤独地待着……最后他说动我了。我这么孤苦伶仃,早已变得非常软弱……我们接着就一起去吃饭。饭后他问我,是不是搬到他那儿去……我当然知道他存的什么心思,我毕竟也不再那么傻了……可是我早已觉得一切都无所谓,我整个人生都不在乎……我心想,管他是这个还是那个,你都变成这样一个人渣……也许甚至连人渣都不如,你的体面,所谓的名誉都已荡然无存……我觉得让我母亲……让我自己遭受这样的侮辱,还怪有趣,是个恶意的玩笑……话说回来,我已经跟你说了,他还真讨人喜欢。我还真得感谢上帝,叫我碰上了他……要不然,可能会有另外的结果。"

玛莉蓉往后一靠,笑道:"对不起,克拉丽莎……你也许会觉得我……咱们这么说吧,真是轻浮,我简直笑死了……可是事情如此滑稽可笑……他后来发现我了无经验,是第一遭……我觉得他实在可怜……等我后来毫不疑心地对他说,我还没满十七岁,你真该看看他惊慌失措的样子,他真是吓得魂飞魄散……这个可怜的家伙魂不附体,就仿佛警察已经因为他诱骗未成年少女前来抓他……是啊,原谅我,我忍不住要笑。但是事情可真是这样滑稽……我衣衫不整地站在房里……我,这个无辜的受害者却反而要去安慰那个可怜的诱惑者,向他保证,我不会把这事告诉任何人……我的上帝,男人可是真蠢……他明明白白地告诉我,我完全可以对他进行敲诈勒索,我想要什么就向他要什么……'为什么你不告诉我你是第一回?'他绝望地叫道。'你也没有问我呀,我怎么知道……'我相信,只要能让这事没有发生,就是叫他送掉小命,他也会干,这件事情其实对我关系更加重大,可是我却满不在乎……我就像现在这样,想起来就想笑。那么,最后我们两个碰到对方都算运气……他的确是个讨人喜欢的人,恰好也有钱……他想摆脱我,由于害怕——他在部里工作,有桩桃色事件就会毁了他的前程——所以他只说,我得到柏林去——走得远远地,你明白吗——让我到那儿去接受训练,他会出钱,并且时不时地来看我……好吧,谁比我更愿意从这里消失呢……于是我就前往柏林,在那里上了一个戏剧学校,学了一年——有些事我还得说给你听——然后,等他不再那么害怕,我又回到维也纳。我的嗓子没多少戏,你大概自己也注意到,大明星我是当不了的……但是目前日子还很好过;我有一个讨人喜欢的男朋友……奇怪的是,也有人想要娶我,不过还得过一段时间……不过,你知道吧,我现在这样回想,我总觉得,我没有完全堕落成另外一种样子,实在是个奇迹。"

克拉丽莎静静地听她诉说,从脸上也可以看出玛莉蓉的处境,她最后问道:"但是你的母亲呢?……"

"让她见鬼去吧,"玛莉蓉恶声恶气地回答道,"我才不关心她呢!偏偏在这时提起她,真扫兴。"

"不过,玛莉蓉。"克拉丽莎说道,她着实大吃一惊。

"我跟她有什么关系?我干吗要关心她,她也没有关心过我啊。送点糖果,带我到什么地方去旅行旅行,给自己装点正派体面的氛围,到最后她害怕和我一起露面,就把我送走。她为什么在玻利维亚要和那个领事一起骗我?你还记得吧,一直到今天我都不知道我父亲是谁。我有一次还和她谈过,直截了当地问她……可是她胡说一气,结结巴巴地说,我父亲还来不及和她结婚,就已经死了……我看出她信口开河,每句话都在说谎。不,克拉丽莎,这样的事情没法原谅。"

"不过玛莉蓉,怎么说她也是你的母亲啊。"

"可惜是这样,这事没法挑选。说到头:她考虑过这事,关心过我吗?……照理孩子该敬重父母,我没法对她表示尊敬……我现在事后理解的事情,没法让她变成一个值得尊敬的母亲……我童年时代的那些叔叔们,我现在想起他们,就……"

玛莉蓉自己停了下来。

"你知道吗……你要是愿意,管我叫傻瓜吧……有时候,要是这些年长的男士有一个来向我献殷勤,我只要看他一眼,就想到……这人说不定就可能是你父亲……也许我已经和他见过面,也许没有……也许他知道有我,也许我母亲自己也不认得他……不,我亲爱的,这样一种事情没法原谅……是啊,小说里发生的事没有落在我的身上,小说里有这样的情节。有一天,一个富有的贵族走进房来说,就仿佛他拥有洗礼登记簿似的:'亲爱的孩子,我一辈子都在找你。'……这人可能是他,这人……有时候,你在镜子里看到这些男人,你会想:'也许我父亲就和他们当中的某个人相似……'我知道,这样很傻;不论婚生的孩子还是私生的孩子,反正你一辈子受到一次沉重的打击……我肯定没有变成一个圣女,这点你也看到了……但是这个,这个我可不愿加在我的孩子身上……上帝保佑,千万别发生这样的事情。"

她打住了自己的话头,惊讶地叫道:"上帝保佑,克拉丽莎,你怎么啦……"

克拉丽莎用手牢牢地抓住桌子,为了坐稳身子。突然间她眼前金星直冒——简直就和从前一样,一阵天旋地转。但是这一次她稳住了,"没什么……没什么……玛莉蓉,"她结结巴巴地说道,"就是这儿太热,热得可怕,我……我劳累过度了吧。"

她急急忙忙地喝干了放在她面前的一杯水,玛莉蓉坐到她的身边,"是啊,你必须好好休息一下,你瞧……你瞧上去变得那么厉害……我第一眼根本就没认出你来。等等……我陪你出去……"

克拉丽莎费劲地站起身来,大家都目送着她,看她摇摇晃晃地走了出去。她感到一阵疯狂的恐惧。现在每个人都会看出来,每个人都会议论这事。这迟疑不决的时间实在太长,差不多四个星期了。现在她相信她是完了,暴露无遗。

☆　　☆　　☆

克拉丽莎躺在床上,眼睛睁得大大地,直望着眼前,一片茫然;她设法认真思忖……"快走吧……我必须快走……每个人大概都看出来了……上一次晕倒,现在这次又晕眩……玛莉蓉跟我说了,我的模样已经改变……她也……我不能等着大家在背后窃窃私语,说我闲话……我知道,他们都是什么人……一脑袋的龌龊念头……我又不会装假,我必须到维也纳去,明天就去维也纳……不行,为了我父亲的缘故,我得先在这儿请假才行……他可是每个星期都写信给我……要是我这样冷不丁地跑掉了,一定会引起轩然大波……我至少还得在这儿待到月底……啊,上帝,还待七天,要是一个人发现了,那就所有的人全都知道……不错,我得给教授写封信,明天就写,让他在萨尔茨堡那边做好一切准备……可是叫我怎么跟我父亲解释,我到萨尔茨堡去,恰好在冬天到萨尔茨堡去……我总不能说,是去滑雪吧……我只好说,我病了……啊,撒谎,现在不得不每天撒谎,每小时撒谎……对父亲,对朋友们,对每个人都撒谎……对自己的孩子也撒谎。正好碰到了玛莉蓉……啊,上帝,她是如何谈到她母亲的啊……要是……也这样……"

一阵寒战穿过她的全身,"我真该这么做……我真该把它打掉……现在已经为时太晚了……现在没有一个医生再敢打掉它……一个没有父亲的孩子……就像玛莉蓉说的……我没有对这事周密地思考过……怎么思考呢……这样大的一场灾难……我和其他人一样,都相信战争就持续一个月,两个月,到圣诞节就会结束……现在父亲来信:'我们必须做好打一年仗或者打几年仗的思想准备',莱奥纳尔的儿子都生出来了,而他还一无所知……他也没法给他儿子取个名字……一个法国人就是以后也没法给这孩子取名……怀了一个法国人的孩子,在战争期间怀了一个法国人的孩子……也许他,莱奥纳尔,自己也都阵亡了……就像进攻时阵亡的几百万人……孩子将永远不会认识他的父亲,而……而我也不会,也许永远也不会告诉他,他父亲是谁……我不得和莱奥纳尔结婚……现在不得结婚……他不是还没有离婚吗……我父亲信上写道……我真的没有思考周密……这个老人,真是个傻瓜……他看什么都钻牛角尖……西尔伯斯泰因医生也只想到,如何把孩子生下来,可是这孩子如何活在这个世界上,这点他可没有想到……他只想到我,只想到我,没想到那孩子——没想到我给他增加多少负担……不,这不是出路……不是出路。"

她感到极大的惊恐,根本找不到一条出路,"最好的办法是我自我了断……现在还没有人知道……我要是死了,他们就不会发现我已怀孕……就是发现了,也会保持缄默……只不过我得做得不引人注意……跳楼身亡,就像玛莉蓉原来打算的那样……这太可怕,那他们就知道这事了……也不能投河自尽……要是能得个传染病就好了……那老爷子就高兴了,女儿也在尽忠职守时英勇献身……只有这样才能给老爷子以补偿……我必须神不知鬼不觉地弄到一点东西……什么使人脖子强直的药品……因此而死的人够多的了……可是怎么才能搞到这种药品呢……在药房里,可是在那里这种药品都是锁起来的,我不知道,这都藏在哪儿……费尔赖特纳医生,一个老老实实的傻瓜……他不了解我……要是我说我怀了一个法国人的孩子,他说不定会帮我打胎,当作一种爱国行动……但是现在已为时过晚……没有莱奥纳尔的孩子,我也活不下去……西尔伯斯泰因医生说得对,我父亲要是知道这事,永远也不会原谅我……我们两个要是这样离开了他的人生……离开了这个人生……他会觉得这个世界阴森可怕……说不定他已经活不下去了……可是怎么弄到药品呢……毒药,吗啡都在药柜子里……代理药剂师只根据医嘱才给药,可是总有办法,现在只要有钱什么都能办到……布朗柯里克不是也弄到药粉了吗……"

克拉丽莎的思考突然停顿,就像有人推她一下。布朗柯里克!他会帮忙,他干什么都行。他知道那些花招,那些门道。向布朗柯里克她可以提出要求,要他办这事。她也帮助过他。见鬼,如果布朗柯里克不愿用人性来帮助她,他也迷上她了……说不定他会……他不是说过吗,他想和克拉丽莎结婚吗……有人愿意……有人愿意和他做笔买卖……他生性软弱,他会理解克拉丽莎……他知道,恐惧是什么,让人吓破胆的恐惧……他会给克拉丽莎去弄药粉。她必须把她的问题告诉这个人……然后一切就用钱来解决。他不是想和克拉丽莎结婚吗,必要时他会亲自出手。那些细节克拉丽莎已经越来越模糊,只有这一点她知道:布朗柯里克会帮助她,但是嫁给他——这可是个难以忍受的想法。克拉丽莎猛地转到一边,做这剧烈动作让她感到了她体内的孩子,也感觉到了活下去的愿望。

☆　　☆　　☆

整整一夜,克拉丽莎都清醒地躺在床上。待到清晨披衣起床,她已下定决心。什么东西她都满不在乎,什么羞耻,什么耻辱,她都不管不顾。她觉得自己已经铁了心,几个月以来她都没有觉得自己这样意志弥坚,活像一个视死如归奔赴沙场的战士。

她走进布朗柯里克的病房。他正好独自在房里,只有躺在旁边病房里的军官,可以看到这间共同使用的房间。克拉丽莎一进来,布朗柯里克就坐了起来:"终于来了!昨天一整天我都在等着您。您在生我的气?我怎么得罪您了……我并没有什么恶意。"

"别提这个,"克拉丽莎语气坚定地说,"别来多愁善感那一套,您今天身体健康吗?"

布朗柯里克心情忐忑地望着克拉丽莎,"您也知道……我很疲倦……您干吗问我这个?"

"我要知道,您是否能够脑子清楚地进行思考,是不是能够明明白白地和您谈话。"

布朗柯里克顿时又感到害怕起来。他脸色灰白,浑身又开始颤抖,"是不是……是不是又发生了什么事情,您就直说吧。"他急切地叫道,"什么也别瞒着我……看在上帝的分上,您倒是说啊……我受不了这种不稳定的样子……我心里总是犯着嘀咕……我想象出最可怕的情况……我要知道他们总想怎么整我。"

"没有任何事情对您不利。做出最后决定的委员会星期六要来,这您也知道。"

"那么……那么……"

"那时候就会对所有的一切做出决定。"

布朗柯里克目光空泛地直望着克拉丽莎,"老天爷啊……到底……到底……发生了什么事啊……您到底……到底……讨厌我什么……您生我的气,就因为……"

"您别说这些无聊话,"克拉丽莎几乎发起火来,"别拿您这种害怕的样子来惹我生气,您别老是一个劲地想您自己。您老是这样紧紧地缩成一团,真叫我恶心。千百万人现在都在战场上打仗,千百万人都在关心别人,同时也关心他们自己。您老是在想,您是唯一的一个,您设法脱离自己一次来想问题,还有其他人呢,您也可以为别人做点好事。我有话跟您说,严肃地和您说……也许您可以帮我个忙。"

"那……"布朗柯里克眼睛发光,仿佛如释重负,"那……那就再好不过了……您也知道,为了您,就是把我千刀万剐我也心甘情愿……"

"现在,住口。"克拉丽莎生气地斥责他,"别来多愁善感那一套,我不爱听虚头巴脑的鬼话……我……听了恶心,我怎么可能对一个男人……我要和您清楚明白地谈谈,谈一件事情——几乎可说是谈一笔买卖。"

布朗柯里克抬头望着她,驯服地听她往下说。现在该是她说话的时候,现在她才感到难以启齿。

"您听好,布朗柯里克……我要清楚地对您说,我是怎么想您的。您尽管胆小可是您也轻浮成性……起身就忘记一切,就和那边那个人一样……您是个软弱的人……但不是坏人……我仔细地观察了您好几个星期……我认为您是个软弱的人……是个不怎么诚实的人……但是归根结底我还是认为您是个好人……我相信,您……您有能力做些不诚实的事情。我知道,您多么会撒谎……甚至,自己骗自己……我丝毫没有看错您……但是我坚信,您不会去做邪恶的事,卑劣的事……我甚至不相信,如果有人向您说了些心里话,您会加以滥用。"

布朗柯里克想举起双臂,恳求她务必相信。

"别这样……别说空话……我受不了空话、废话。我要问您一点儿事,直截了当,清楚明了地问您,也请您老老实实地回答我,请您设法诚实一点。"

克拉丽莎沉吟片刻。

"您曾经向我求婚似的……您对我说过,您想和我结婚——不论这使我发傻还是使我骄傲,我知道,为此都要做些什么。但是我当然并没有去想这些事,也许您自说自话——您总怀有一种歇斯底里的恐惧——自以为爱我,只有这话的十分之一是真话。我相信,我对您所做的一切是善意的,是正派的,超过我应尽的职责。我之所以这样对您,是我打心眼里害怕您会从一座高塔上纵身跳下,或者纵火焚烧这座医院。您很可能在此刻对我怀有感激之情,但是请您别把我看作天真烂漫的小姑娘。我清清楚楚地知道是什么动机促使您提出这样奇怪的求婚。您希望,在医生们听取我的意见时,能友好地对待我,希望医生们对我好些。您心想,倘若发生一场紧急婚姻,会唤醒这样的印象。我这么做是出于同情,不,我并不过高估计您准备献身的精神。您肯定什么都做得出来,您无疑会不择手段,去求得最终的决定,这样您就可以达到您的目的了。您别忙——您别抗议。我知道,您内心深处就是这样想的,您心里的恐惧想出了这一招,想得很妙,一场惊恐中的梦。我在第一时间,愤怒已极。这事来得这么突兀。现在我比较理解了,我静静地思考了一番。我谢谢您。换一种方法,您完全可以帮助我,可这点您并没有考虑在内。没想到您的帮助会对我有利。可是这完全可能对我有利,我说,对我有一种利益。昨天我是有点困惑,出乎意料。世界上什么东西我都会想到,可是您会有求婚的念头……您撒谎。倒不是这事侮辱了我,可是我没想到用这种方法来救我自己。尽管我心里知道,您并没有生病。"

布朗柯里克再也控制不住自己,"您将……"

"安静!不要激动,不要伤感。您有娶我的想法,但是您自己也知道,这不可能。我要的是另外一种效力,结婚对我而言是不可能的……有一个障碍……这值得您做出牺牲吗?我要和您谈谈,至于结婚,我怕……"

"越快越好,我们的利益是一致的。"

"我说过了,您等一等。我们先要考虑一下,您的计划……您的计划碰到一个障碍,您的决心,您的看法,和您的追求不会明确地改变……"

"不会……不会。"他已经完全控制不住了。

"您听着,高特弗里特·布朗柯里克!……我怀着一个孩子。"

布朗柯里克目瞪口呆,死盯着克拉丽莎,他口齿不清地说道:"您!……不……不……这不可能。"

克拉丽莎沉默不语,平静地看着他,平静地直视着他。

"不可能……您!!!"

"是的,是我!"

他凝视着克拉丽莎,半响,他不得不静下心来,然后用天下最自然不过的声音迅速而轻松地说道:

"是啊,不过……这没有关系……一点关系也没有……我们那里想事情……不是那么幼稚可笑……父亲;孩子们……大家一起玩呗……我……我一直就特别喜欢孩子……为什么……我恰好就喜欢您的孩子……这一点关系也没有……"

现在轮到克拉丽莎,瞪着眼看布朗柯里克了:她原来希望,这事就此了结,她不得不谈到另一个人。可是当布朗柯里克看到她迟疑不决的样子,他几乎用一种欢欣鼓舞的神气说道:"一点关系也没有……相反……我原来在您面前总感到羞愧无比……现在我才可以好好表示……我是多么感激……我原来觉得我是多么低下……我……觉得……我相信……我现在更加喜欢您了。"

布朗柯里克这样毫无顾忌,克拉丽莎觉得有些匪夷所思。

"布朗柯里克,我难道不能和您清楚明白地谈话……这样您就要给这孩子……您的姓……您该不会当真吧……给一个孩子您的姓,可这孩子并不是您亲生的孩子。他的父亲,您也并不认识,是个陌生的孩子……您该不会当真把您的姓给他吧?"

"当然给他……如果您允许的话。"

克拉丽莎直愣愣地瞅着他,"您……您真是我遇到的最奇怪的人……您内心充满了感激,而且轻率成性。完全可以想象……这事您丝毫不会在意。您……一个男人,不会在意。只是……只是因为您希望您能应付得了,您就下了这样一个决心。难道这事不会给您麻烦,让您蒙羞吗?别人会把这孩子当作您的孩子,您不会感到气恼吗?"

"不——不会……在您身上,什么事情也不会让我气恼……我如此尊敬您……他该活下来!这孩子该活下来!他应该姓我的姓。"

克拉丽莎生气地打断他,"别废话……我请您,别瞎说废话……我现在可没有这种心情……这是一件性命攸关的事情……我听不得废话……我受不了轻率置之的态度……您对我有同情心,并没有感情……您说,我……我和另外一个男人感情相系,您觉得无所谓,可是我……如果我坦率地说——我要是为了让我的孩子得到一个姓,用欺骗的手段……不是嫁给他的父亲,而是嫁给另外一个男人,我还是有些在乎的……这只可能是个假结婚,这个婚姻没有给您任何权利……这个婚姻我们心照不宣,以后将予以解除……这场婚姻中,我只想到这个孩子,没有想到您,没有想到我……您并不想理解我。对您而言,这只是一种形式。您愿意娶我,因为这事对您有利;而我从您那儿也得到利益。对您而言,纯粹是个形式。而我却要为这个孩子找一个父亲,求得一个姓。我从来没有想过,这个父亲是在装假,就像您假装精神崩溃那样……要是那样,那就是一个假婚姻……就像您的疾病,这样的事我可不愿强加于您。"

布朗柯里克凝视着她:"为什么不行……当然……这事……我是……我是另外一个意思……我从来不敢去求一个人,可是我却向您提出求婚。要是我这一来……这一来真能帮上您的忙……给您……和您的孩子一个姓,这对我将是无上光荣的事……您毕竟救了我的命……是的,您救了我的命,这您自己也知道……没有您,我在这儿会因为绝望而毁灭……您看见那儿的药粉了吧,您并不知道,那是什么……那是为了以防万一,要是他们又要把我送上前线……要是我离开这里,那我只感谢您……您要是没有跟那些恶棍谈过,他们早就把我赶走了……我也已经精疲力尽了。"

克拉丽莎直视着他。开始一个新的生活……这难以想象……这过于难以理解。他过于迅速地想干这事——为什么呢?是为了自我保存,是由于软弱;出于怯懦,还是由于好心善意,仓促行事?这背后是不是有目的?——够了,她是要给这孩子一个父亲。她不能使自己的父亲蒙受耻辱。她知道,她现在没法深思熟虑,可是下定一个决心,这可不是在十分钟内可以办到的事情。她站起身来。

"您听好……我……我深感意外……我现在没法把事情想清楚……您也同样办不到。您好好躺下!考虑一下:您娶了一个怀了孩子的女人,这孩子姓什么,您不知道,一个女人……她……她也许会对您感激不尽,但是……永远也不会变成您的妻子……您愿意这么做……是为了乐于助人……只……只为了帮助我……是的,我知道,也为了帮助您自己……但是我……我不能允许您就这样下定决心……我不能接受这个……这里面有些……有些东西,感动我,但是我不能接受……这不是出于一时冲动而做出的决定……现在您出于恐惧,也许只是由于一时兴奋做出了这个决定……不,您什么也别说,一句话,一个字也别说!我现在离开您,一个小时后我再回来。您考虑一下……我也再细想想……我觉得您的决定完全突如其来,您也觉得我告诉您的事……我所期望于您的,完全是另外的东西……别说……一句话也别说……一小时以后我再到这儿来,那时我们探讨一下,我们可以在多大程度上互相帮助。"

☆　　☆　　☆

一小时后,克拉丽莎又回到病房。她安静地坐了一会儿,细细思索了这件对她而言匪夷所思的事情。她曾经听说过这种假结婚:但是她总觉得难以想象。现在她觉得容易得多了。她说服自己,在她父亲面前没什么可怕的,她只需要撒一次谎,用不着上百次撒谎。她想到了莱奥纳尔,要是在他身上,这样一种事情是无法想象的,只有人性的东西对他才算数。是啊,国家、证书、文件、姓名都毫无价值,只有为人性的东西进行辩护才是正确的。因为国家和鬼魂是相同的概念,不是真正的概念。即便是人类,他们也没有完全领会。因为人类意味着所有的人——要是你自己不表现出你的意志,你也就不复存在!她将姓另外一个姓。在几张纸上签名,她这样做,这毕竟并不伤害任何人,就像她无辜地作为代表讲了话,虽然实际上她并不是代表。这样做,她是不是背叛了她的男友?她男友是否会理解,会赞同这件事呢?这件事管一年、两年、三年,它保护她,也保护她的孩子。她是否会把这事告诉她男友呢?倘若她男友死了,这就保护他的孩子免遭不幸,倘若她保存下来了。她已经学会了什么是规定,国家意味着什么。她变成了一个自由自在的人了。

克拉丽莎回到病房,坐到布朗柯里克身边,"说吧,您怎么决定的。"

布朗柯里克显得更加严肃。这使她高兴,至少有点高兴。"我没什么可决定的,我用不着深思熟虑什么。我只是心里高兴。您建议什么,我就做什么。我知道,无论您做什么,都是为了对我有好处,我就照办。我很高兴,我这人还有点用处。否则我以为,我都死了。我到这儿来,是为了打仗,而我在打仗时却垮了。一个人要是碍手碍脚,他就分文不值。但愿我能对别人还有点用处,尤其是对您。自从他们把我拖到这儿来以后,我还从来没有像现在这样感到舒服过。把我的姓借给您……和您的儿子……就像在战场上把一块面包送给别人……不过,您干吗这样直瞪着我?"

克拉丽莎有气无力地微微一笑,"有人愿意在全世界面前把他的姓给予我的孩子,让我姓他的姓,这个人我总得仔细瞧瞧吧。可是,您听好——我考虑过了——也许我在众人面前不得不最后一次叫'您'。事情来得如此出乎意料,我不得不先要考虑一下。我说的话,您都接受了。我仔细考虑了一下……我不愿意以后会对您产生什么不方便,产生什么麻烦……我愿意承担一切,只为了……只要这是个形式上的婚姻……它永远不得阻碍您的自由;请您听我说,我愿意……在法律上先确定下来;通过一个律师,通过一个公证人,我永远不会向您提出任何要求……永远不为我自己,不为那孩子提出任何要求……不论是在我们……在我们所谓的婚姻期间,或在婚姻解除之后,这是我提出的第一点,这是我认为最重要的一点,不能让您有身负重担的感觉。您不必负任何责任,您只要在我父亲面前挽救了我们的名誉,给这孩子一个姓,您做的就够多的了。

"现在谈第二点。我从我母亲那里得到一小笔财产——这是她带给我父亲的陪嫁的一半——加上利息,已经涨到三万六千克朗。我将把这笔钱转到您的名下。"

布朗柯里克做了一个手势——

"不,这是我的条件。您说过,您需要一笔资金来维持生计。既然我没法给您一个家园,也不能给您一个婚姻,我要让您无忧无虑。您不用为我操心,由于我哥哥阵亡,另一半财产也归我所有。另外我有一份工作,收入不错。我是我父亲的女儿。我们打算在适当的时刻,我们一致同意的时刻办理离婚,重新给您自由。就是在离婚之后,这笔钱,不言而喻,也留给您……不,您别抗议。这是我提出的条件,我的愿望是,您觉得自由;随着时间的推移,您会觉得更自由,您可以随时到我这儿来。那时请您想到,那个把自己的姓给我孩子的人,对我而言,永远不会是个陌生人。"

"您要我做什么我都去做。"

他们又谈了一些细节问题。在克拉丽莎走出房门的时候,她微微地感到一阵晕眩。她一下子什么都感觉到了:不适、恐惧、轻松……阳光,她活着,她可以活下去,她的孩子也可以活下去。

☆　　☆　　☆

当克拉丽莎宣布,她打算举行一场战时紧急婚礼时,整座医院上上下下都极为惊讶。她向费尔赖特纳医生解释,她看到这个年轻人身体垮得多么厉害,也许她能通过家庭照料救他一命。大家想到她平时那种拒人于千里之外的严肃神情,对她的决定都感到奇怪,但是也并没有太感到过于奇怪。因为在那些日子里,最最奇怪的事情是战争制造的人际联系,最最稀奇古怪的感情的结合:对独脚、失明的战士的钟情。在女人心里,同情心占有了虚荣心的力量,变成自我牺牲的狂热。这一切加速了婚姻的进程,其实在体格检查开始之前,最终决定委员会已经就把一切都处理完毕。费尔赖特纳医生,那位上级军医把这次体检视为无所指望。布朗柯里克被宣布为不宜于上前线作战,人们为他开具证明,准予他离开军职。

克拉丽莎的父亲还是使她有些担忧。父亲用他僵硬的字体啰里吧嗦地写道,他很骄傲他的女儿"接受了那些在荣誉的战场上,丧失了自己健康的英雄之一的求婚"。克拉丽莎不禁脸上一红。

父亲平时给她的信,她都小心翼翼地保存起来。这是第一封被她撕得粉碎的信。

在举行婚礼时,一位护士和费尔赖特纳医生,分别担任伴娘和伴郎,一位稍微有点腼腆的神父主持这个婚礼。在克拉丽莎心里,还因为虔诚而感到羞耻,就仿佛她欺骗了上帝。就她一个人,但是她必须把一切都押在一件事上,把她全部生命集中在孩子身上。

一九一五年至一九一八年

克拉丽莎对一生中以后三年,一九一五年至一九一八年几乎没有留下什么回忆,只记着她孩子的成长过程。这孩子生于一九一五年,洗礼时得到的姓名是莱奥纳尔·莱奥波尔特·布朗柯里克。在她周围,世界依旧运动,战争持续,凶险异常,死神环伺。克拉丽莎在这里保住了一条生命:她只有一样东西,那个孩子,完全不顾战事如何进行,打仗已整整一年,许多人死于非命。为了避免让她父亲知道他们的婚姻只是一个形式上的婚姻,她就不住自己的住宅,而是搬进布朗柯里克的寓所,一幢花园房子,不是楼房。

下午,克拉丽莎又在西尔伯斯泰因医生处上班,上午料理家务。一个年老的女仆照看孩子。有时候她很担心父亲;老人工作更重,变得越来越寡言少语。他对战事十分恼怒。他和克拉丽莎仅有的少数几次谈话,让这个女儿看到他极为坚持己见,认为自己是在为一个错误的事业效力,痛恨德国的情绪已经深入骨髓。他认为,奥地利从一开始就应该投到俄罗斯一边。上面否定他的一些建议是错误的,这可是他毕生的工作。他属于那些大失所望者之列。他也责怪西尔伯斯泰因教授,克拉丽莎周围一批人的生活都和每天发生的事件紧密联系。而克拉丽莎却有她的孩子,这样一来,对她而言,只有一些琐碎小事才显得重要。

西尔伯斯泰因教授似乎变得更加衰老。他不再和克拉丽莎谈起她的孩子,从来不问生了个女孩,还是男孩?克拉丽莎因为自己生活幸福而感到羞愧。每天上午,克拉丽莎独自待在家里,独自守着孩子,想着莱奥纳尔。要是在大街上遇到身穿孝服的战争遗孀,她就会浑身哆嗦。

一年就这样过去。奇怪的是,克拉丽莎渐渐忘记,她并不拥有自己的住宅。布朗柯里克很守信用,这是克拉丽莎幸福的一部分。这小伙子在对他的决定宣布之后,就失踪了。他立刻制订计划,学点儿"塞尔维亚文,保加利亚文",远离硝烟炮火。就她所能理解的,搞点期货交易,譬如关于李子的期货交易;他什么都抓住不放,他有两种身份——就像"狡兔有两个窝"。他不时从这儿,不时从那儿送来消息。他喜欢居无定所——克拉丽莎不知道往哪儿给他去信。他有一次向克拉丽莎解释:"最好生活在阴影之中,不期而至,不加通报。"

布朗柯里克扩展他的计划。他不愿待在维也纳,他要消失得无影无踪。可是事先他打算去见一见克拉丽莎的父亲,克拉丽莎感到不大自在,但是这事终究不可避免。然后布朗柯里克就打算到保加利亚去,到土耳其去或者到荷兰去。斯拉夫语言尤其对他合适。反正他不愿靠近战争。

就这样过了一年,他才第一次又重新露面,然后当真去见了他的岳父。克拉丽莎几乎吓了一跳。有一次门铃响起,克拉丽莎打开大门,一个年轻人站在她的面前,穿着时髦,甚至可说精心打扮——她想要询问这位来客是谁,压根儿没有认出他来。原来脸色灰败,饿得瘦骨嶙峋的一个幽灵,现在变成一个晒成褐色的男子,长着一张孩子气的嘴巴,显得颇为英俊。他潇洒而又轻松地说道:"哈啰,你好吗?我总不能到了维也纳,不来向你问候一声。"他望着克拉丽莎的眼睛,温和地笑道,而克拉丽莎却双膝索索直抖。根据法律,这可是她的丈夫。"你总该允许我来看你吧。我不打扰你吧?"克拉丽莎还一直有些手足无措,心想:"他想干吗?有什么要求?"当年恐惧像只灰色的面具套在这年轻人的脸上,现在他能够心情开朗,轻松愉快地叙诉。"我待在保加利亚、土耳其、德国、荷兰——你知道吗,作为奥地利的军人我觉得不舒服。"可是他不是有枚战争勋章吗?"哎呀,这点儿保加利亚文很是需要,要不然他们会把你看作一个游手好闲的懒虫,我给他们从荷兰弄去橡胶轮胎。"——他说,靠战争带来的物资供应,没法生存,这只不过是一笔生意而已。他心情愉快地接着往下说,"怎么说呢,我干这干那,到处奔走,一刻不停,一直在火车上。我越是到处乱跑,譬如跑到斯米尔纳,越发觉得一切都无聊透顶。我干什么,时间都不长。我根本就不是为钱,玩玩而已。再说到处噼啪乱响,一切全都要坍塌下来,通讯情报传来传去。"克拉丽莎安慰他,说他看上去挺精神。他说,是啊,他是生活在童话中的极乐世界里。"你在那儿过得很好吧?"他笑道:"哈,用假姓名啊。这个姓名可是我自己给自己找的。不过,'你'在这儿住得不赖啊。别害怕,我待的时间不会太长。时代的全部恐惧不允许我早一些来看望你。说来也可笑,到房屋主管那儿去打听我自己的地址。"

和克拉丽莎的父亲见面颇为奇怪。布朗柯里克显然又把自己弄得脸上多一些病容。他如此巧妙,克拉丽莎吃了一惊。她怀疑布朗柯里克一定用某种东西,把一阵轻微的黄疸病弄到自己脸上。他对克拉丽莎说,他打算服役,因为她父亲对此感到兴趣。这种反复无常的态度!更使克拉丽莎吃惊的是,她父亲居然对此做出反应。这场小小的撒谎并没有引起老爷子的注意。克拉丽莎为布朗柯里克感到羞耻,也为她父亲感到羞耻。她父亲已经不再是正常人了,而是有点精神错乱,脑子只在军事问题的圈子里转来转去。可是布朗柯里克已经消失。他说自己是个受害者,不情不愿地硬和他的老婆分开。然而国防部已经约他到部里去。在那儿接着发生什么事情了呢——真可惜,大家先前不了解他的情况,"您是个聪明人。"那好吧,他懂点原材料什么的。这样他就和他岳父告辞。突然之间他又变成了另外一个人,轻飘飘的,像被风吹来似的。克拉丽莎一直瞪着他,他戴着一枚戒指和一枚领带针。

关于他们的婚姻,布朗柯里克只字未提。可是他问克拉丽莎,是否愿意和他一起上剧院?等到和克拉丽莎告别时,他才想起:"对了——那孩子。其实你还是应该让我看看你的孩子的。"克拉丽莎把他领到房里,他冲着孩子笑道:"真可笑,就这么一个孩子。要是你只有这样才幸福的话,那就这样吧!"他情绪欢快,克拉丽莎心里忽然升起一阵恐惧。布朗柯里克是不是会对她有所求,会要求什么。这是暗藏在她心里的恐惧。等他走到门口,他说道:"还有一件事——你知道吧,我没有准确的地址。没有家的人,就是这样。你总该允许我让其他人从别处给我寄封信来,允许我派人来取走什么东西。"克拉丽莎简直有些孩子气地答道:"当然,没有问题。"可是心里感到很不自在,"要是你这段时间需要什么,巧克力或者咖啡——但是别要炼乳,因为保加利亚的炼乳可怕极了——我就从外面派人捎给你。你也知道,我要是能对你帮得上忙,我会非常开心。要是没有你,我今天会在哪里!"

布朗柯里克走了,没有提出任何要求。克拉丽莎感到无比轻松,真的如释重负。布朗柯里克什么也不要,可是第二天他又去看克拉丽莎,"对了,我还有点事要求你,要点奥地利钱。你最好随便花吧。"说完,他就走了。克拉丽莎做梦也不敢希望,一切会这么轻易,这么顺利地安排妥帖。她心里总暗自有些害怕。她并没有付出真正的价钱,或者还没有付出原来的价钱,可是看到他拿钱的那种轻松的样子,就像他忘了拿钱似的。布朗柯里克——克拉丽莎对他真的感到感激已极,生活就此属于她的孩子。

半年就这样过去。一天早上有人敲门,敲得很重。门外站着一个男人,穿着打扮有点像是乡下人。汗水从他额上流下,一辆手推车放在他身边。他失去了一只眼珠,看上去叫人挺不舒服。此人摘下帽子,说话的语气就像他俩是老伙计那么熟悉,自然:"我是胡伯,您一定已经听人说起过我。"克拉丽莎有些心神不宁地说,这里想必有点误会。可是这个宽肩膀的大汉哈哈大笑,掏出一块格子布的手绢擦拭汗水,"No,那就是他不愿写信提起这事。我是胡伯,从您丈夫那儿来。他让我请您把这三个箱子——真他妈该死,都死沉死沉——都存放在您这儿,放到我来取它们。您叫我把它们放在哪儿?"克拉丽莎没有回答,她有点惊慌失措,"这都是些什么箱子啊?""什么箱子,从轮船公司拿来的箱子呗,一点儿也不轻。趁我的背还没有被压断,我把它们卸了下来,而且是在一大清早。这年头人们对什么都好奇。咱们把它们放在哪儿?"克拉丽莎还一直很不自在,她四下张望了一下,"那就放在那边花园房的仓库里吧,从前里面一直堆着煤,现在空着,没放东西。"胡伯扮了个鬼脸,轻轻吹几下口哨:"其他人是不是也会到那儿去?好——咱们瞧瞧!"他扬声笑了起来,弄得克拉丽莎心慌意乱。她开口说道:"不过我得知道……""这年头知道的事情越少越好。现在他们可厉害呢,这些经济警察局的先生们,好,别害怕,您先生知道,对胡伯他可以一百个放心。胡伯供货麻利,付款也麻利。我们已经一起做了好多笔生意,这次也不是最后一笔。行,咱们就走过去吧。请您一起过去,这样才不太引人注意,别让别人看到这些箱子。我不能让它们随便撂在这里!"克拉丽莎想说几句,可是舌头像僵住了似的,她感到不舒服。可是她不敢和这大汉争论,就跟着走了过去。胡伯检查了一下这座仓库、挂锁和钥匙,"不错,这仓库挺好。谁也看不见什么东西。我在箱子上面再盖块破布,或者铲点沙土在上面。"克拉丽莎大吃一惊,"这些箱子要在这儿搁多久啊?""唉,不会太久,您别担心!就十四天吧,我现在每天过来,每次都取走满满一个背包,您把钥匙交给我。眼下每个人都背个背包,不惹人多心。背在我身上更不引人注意,我这人从来不会出什么事。您对胡伯尽可放心,对您先生也一样,他可精通他的买卖呢。"他说这话的时候,一点儿也不在意克拉丽莎,"要是我在装包的时候有什么人闯来,您就跟他瞎七搭八地聊上一会儿,别等他开口发问。"说着,向克拉丽莎眨巴他的独眼,克拉丽莎站在屋子旁边,恨不得大声喊叫。她考虑着该怎么办。他们肯定干的是什么走私商品的勾当,使她也蒙受着羞耻,奉公守法的精神遭到损害。胡伯在旁堆放箱子,还老老实实地在每个箱子上都蒙上一块布,盖完之后,胡伯把每个箱子都扛过去,得意非凡。"谢天谢地!咱们总算把箱子弄走了……从轮船码头搬来,总是最麻烦的一段路程。我们使点贿赂,买通海关人员。另外一段路程,简直就是儿戏。从塔尔可以把东西都捞出来,不论你在背包里背的是什么,魔鬼也不会管你。你就说,你是从前线回来的。明天我来,要是您能放把螺丝刀和一块马蹄铁在这儿,让我用来打开箱子,那我就一点儿也不会打扰您了。夫人,我们到末了再算账。我先得看看,是不是一切全都对头。"他看了克拉丽莎一眼,"您要是其他还需要什么,牛奶啊,新鲜鸡蛋啊,或者罐头食品啊什么的,老胡伯都会给您弄来——当然只给那些可靠的人,他们不会举报你。在您这儿我可以放心大胆,绝对安全,这我知道。"

胡伯用帽子扇了几下,浑身净是啤酒的味道,两只脚也直打晃。克拉丽莎不知怎地,就是不喜欢这些买卖。可是叫她能怎么办?胡伯以一种不言而喻的自然神气支配着她,她不知道这里发生了什么事情。她和她一向轻视的这些人混在一起。所谓的生意就意味着布朗柯里克从前线或者从国外弄来一些违禁品,他和一帮共谋犯一同走私。他那种漫不经心,放肆大胆的干法让克拉丽莎不寒而栗。叫她怎么办呢?她一点办法也没有。因为她姓了布朗柯里克的姓,也就拴在一起了。

紧接着的十二天,克拉丽莎惶恐不已,天天如坐针毡。自从她姓了布朗柯里克的姓,她第一次陷入困境。她听见胡伯的脚步声,从窗里就看见他。他白天跑来,克拉丽莎给他的钥匙,他放哪儿去了?因为他一来就拉门铃,克拉丽莎吃了一惊,也可能有警察找上他了,平时他可是天黑了才来。克拉丽莎惊慌失措,难以自持,跑去查看一下。胡伯带来的尽是些香烟,货真价实的土耳其香烟。发战争财的人尤其爱买来自外国的进口货,他们支付一百倍的价钱,警察随时随地都会来逮捕她。现在每天在报上都有抓人的消息,逮捕黑市商人和走私者。有一次克拉丽莎在半路上遇到胡伯,她下定决心告诉胡伯,所有这一切她都不要。"好,现在我已经完事了。请您把木箱劈成劈柴,不必让外人看见。现在咱们结账,是不是?我和您先生约定——赚了钱,对半开,一人一半。对老胡伯,你们尽可放心,账单我会给他的——您知道吗,账单之类的东西没好处,人们都不喜欢在上面盖印。这年头,你永远不知道,他们会怎么查你的账……是啊,账目单据都是暗中出示的。我的客户也根本不要单据……好,九万八千克朗分给您先生。您也知道,该把钱存在哪儿,他跟我说过——现在,请点一下。"他从上衣口袋里取出一只油乎乎、脏兮兮的皮夹子,按照乡下人的方式用手指蘸上唾沫,把钞票点好递给克拉丽莎。

"好了,现在请您确认一下,从阿洛伊斯·胡伯处收到98.'千位数宁可画掉。因为要是他收到了十二只鸭子,实际上却是一万两千只。他就确认,收到了十二只。您用不着签下您的姓名,请您写上您受洗的名字就行了,没人看您的确认,这只是为您先生准备的。"克拉丽莎感到她的手一个劲地哆嗦,可是她强烈希望这个假装老实的独眼龙赶快滚蛋,于是她就签了字。胡伯把克拉丽莎的证明文件仔仔细细地收好,"您要是想存钱,老胡伯给您百分之十五的利息。钱已经不再值钱,您要是需要什么,只消寄张明信片给我,老胡伯什么都能给您弄来。"

克拉丽莎长舒了一口气。等到胡伯在背后关上大门,克拉丽莎才感觉到,她都陷到哪儿去了,单单这一大笔钱!她惊恐万状地认识到,这不是一桩合法买卖。她父亲出于信任,给她的丈夫写了一封介绍信,而她丈夫跟这么一批可疑的家伙一起干着肮脏的买卖,如今她自己也卷了进去。她姓着这个人的姓,触碰这些钞票让她觉得可怕。可是她迫不及待地要把这些钞票弄走。她用她丈夫的姓名把钱存进银行。每天她都仔细看报,要是阿洛伊斯·胡伯的姓名和她丈夫的姓名没有登在报上,她都松一口气。她写了封信给布朗柯里克,要他设法不要再让胡伯来看她,她一点儿也不喜欢这个胡伯,她希望和这些买卖不再有任何瓜葛。回信是张明信片,尽写些欢快的胡言乱语,并且建议把钱寄给胡伯;然后她又有一段时间听不到任何消息。

几个星期过去,只要有人敲门,每次克拉丽莎都惊恐万状。现在她已不再惊恐了。有一天她翻开报纸,读到:"破获大型走私集团",她接着往下读:"一批走私者暂时被捕:有阿洛伊斯·胡伯,罗德里希·海因德尔;他们把食品、金钱和其他东西偷运出去,检察官兴特胡伯宣称,卷进此案的还有多瑙河航运公司的几名职员,以及几名外国间谍。侦查在继续进行中。"克拉丽莎的心脏骤然停止跳动。以后几天报上又出现几个新的名字,这个案件牵扯的面越来越广,细节也公布出来。大概是,奥地利的钞票藏在轮船的机器仓里偷运到保加利亚,从而进行香水和香烟的交易。在被拘人员家里搜到一份他的买主的名单。克拉丽莎想到她的小纸条,她也想到她的丈夫,她是嫁给了一个犯罪分子。

不能再有更多的事情发生。恰好今天她得去看她父亲。此刻别人正用这种方式打倒奥地利。可她不能把一切都告诉父亲。恰好在这一天她要去看望父亲,她觉得简直糟糕透了。每周一次,总在星期天,她去看望父亲,从十一点待到十二点,正好一个钟头;父亲讲究准时,他现在为伙食供应处工作。克拉丽莎发现他情绪欢快,一副心花怒放的神气,"我现在是首席统计员,由于我的计算而得到晋升。"他得到了嘉奖,他终于得到大家赏识,他作为统计学家所做的工作终于得到承认。他情绪欢快,问起克拉丽莎的孩子,问起她的丈夫,"一个能干的小伙子,我在领事馆打听他的情况。他到处奔走,我真为你高兴,克拉丽莎,准会给他颁发一枚奖章。我一向知道,你做的事都是正确的。"克拉丽莎觉得就像有人打了她一巴掌。她来看望她父亲,是想把这事告诉将军,请他帮忙,要是她丈夫受到指控,她父亲可以出面干涉,拯救她的丈夫。现在她可没有勇气提出这一请求,"我一点关于他的消息也没有,他也从来不写信告诉我他在干什么。"她心想这样一来就拉开了他们之间的距离,可是她父亲却说:"这就对了。就是对自己的妻子也不可以说什么,公事就是公事,我就喜欢他这点。"

☆　　☆　　☆

到一九一七年,困难时期就开始了。食品开始短缺,到处都排着长队购物。面包糟得吓人,没有脂肪,没有牛奶,就像在德国一样用脂肪票,面包票只能买到白萝卜,一切都计算得十分周全,可还是入不敷出,除非使用伪造的食品票。克拉丽莎和她周围的一些人,似乎是个例外。大家一方面认为,克拉丽莎和军官们有联系,另一方面大伙也知道,她丈夫没有在前线打仗,"他不晓得在什么地方暖暖和和地待着!"就是在西尔伯斯泰因教授那里,克拉丽莎也有这样的印象。接着,糟糕的事情就发生了:克拉丽莎的孩子染上了疾病。这孩子起先发育成长得很好。要是克拉丽莎现在仔细看看她的儿子,那双活跃的眼睛从消瘦的脸庞向外张望。两条腿又小又瘦。克拉丽莎迄今为止一直严格遵守国家的规定。食品商人送给自家女人好几个手袋和剧院的门票。克拉丽莎的女邻居们,是啊,她周围所有的人都用背包采购。就她至今没有这样做。女人们都对克拉丽莎暗怀仇恨,对她们而言,克拉丽莎是负责供应食品的官员之女,每个人在她面前都想表示,自己举止规规矩矩,大家都怕她会突然想到要告发她们。她父亲还在食品供应部门工作,干活比以往任何时期都更加严格。他消瘦了不少,劳累过度。他谈到那些大发横财的无赖和蛀虫,"一切都取决于营养,每个人现在都必须尽自己的责任。"克拉丽莎简直都不愿再到父亲处吃午饭,就是不想抢了他的口粮。可是这孩子,她的孩子,情况并不是这样。就仿佛世上发生的大动荡,悄悄地从他身边过去,没有留下痕迹。这个男孩长得娇嫩,现在只提供清汤寡水似的白乎乎的牛奶,孩子感觉到了,他吃坏了肚子:吐了出来。这时克拉丽莎写信给她丈夫,她丈夫在保加利亚,没有回信。然后克拉丽莎就写给胡伯,胡伯是她唯一还认识的人。胡伯回信告诉克拉丽莎:他,阿洛伊斯说,收到过几封她丈夫的信。克拉丽莎接着就请求他:"请您向我丈夫多多问好,阿洛伊斯。"于是就寄来几笔汇款,神秘兮兮的纸条。克拉丽莎拒绝接受,胡伯有些生气,"您摆出这样子,就仿佛咱们这号人在干什么违法的事情似的,就仿佛这年头您是唯一的一个正人君子。这样不好,夫人,您不信任老胡伯。"克拉丽莎心里宁可信任陌生人,她想到布朗柯里克,可是她再也不敢写信给他,想到自己和他已有婚约,心里感到害怕。去照料一个陌生人的孩子,想必对他也是件难以忍受的事。胡伯向克拉丽莎表示要送给她土耳其蜂蜜,圣诞节送她香水,答应给她波斯玫瑰香油。克拉丽莎很不高兴。对她收到的这些东西,她简直愤怒极了。她第一个念头是用这些东西去换点什么。可是接着她认为这样一来可就暴露了自己,她觉得这很可怕。可是这样一个男人,其实只能和陌生人相提并论。她打电话给胡伯,胡伯就来了,一脸笑容,无拘无束。他开着一辆汽车前来,一只钻石别针别在领带上,戴着黄皮手套,打扮得像赛马骑师一样时髦(连同烟盒),穿着格子呢的裤子;头发抹了香水,香气浓烈,摆出居高临下平易近人的态度。人变得更加肥硕,圆滚滚的。他满面春风,流露出十分惬意的样子,"好啊,您想念老胡伯了,太妙了。您先生出什么事了吗?"克拉丽莎说,他没出事。这才发现,胡伯显然心里一块石头落地。克拉丽莎试图用人性打动他,求他给她弄点罐头牛奶,"当然,当然,孩子要紧,可不能让小孩没奶吃啊。我有丹麦罐装牛奶,整整一箱。""不用,不用,几个罐头就行了。""别价,别价,小儿科的东西老胡伯现在是拿不出手的。这混蛋局面还得延续很长时间呢,白糖您肯定也需要,这有营养,还有巧克力,还是瑞士货呢,这东西都放在我城外的别墅里了。一幢可爱的小房子,在普罗茨莱茵斯村,夫人看了会高兴的。那儿还有……请您原谅,夫人,您自己看上去也很清瘦啊。在现在这种时代做人得镇静,稳得住,身子骨必须健康。"他发油的油脂在他脸上发光,"再加几瓶苦艾酒,意大利货——是允许的,托卡伊酒很有好处,帮助消化。"克拉丽莎问他价钱,"不谈这个,不谈这个,我会和您先生结账的。他可是个能干的人,眼光好,不论他到哪儿去,全都畅行无阻。他特会说话,是个行家——他都找了谁了?他能搞定所有的人,军队啦,领事馆里的人啦,甚至他的一个老主顾的老婆。这人有才,我要是有他那两下子,我就不是在城外普罗茨莱茵斯村弄个小别墅,而是在环形大道上弄座宫殿了。"

每当胡伯称赞布朗柯里克,克拉丽莎都浑身哆嗦。布朗柯里克善于博得众人的欢心,克拉丽莎的父亲,上上下下各种人士,还有神父!——他这样八面玲珑,四处讨好,机灵活络,轻松自如,简直叫克拉丽莎汗毛直竖——他已经不再是他自己。克拉丽莎觉得胡伯更加可怕,他那居高临下的亲切态度里流露出一种蛮横的绝不退让的坚定决心。欠了他的债,让克拉丽莎害怕。克拉丽莎赶忙把谈话引向生意,"哎呀,我们会结账的。""不,我想现在付钱。"胡伯笑道:"您可真急。说到底,把钱赶快扔掉。它现在每天都在缩水,越缩越凶。用一百克朗能买多少东西,也许就一块巧克力。其实最好换个法子,那,就用友情价格吧。""我为我的儿子支付这价钱。"

克拉丽莎系好了她的背包,夜里她出发了,活像一个女贼。这些食品罐头堆在那里,她觉得"仿佛它们在弹钢琴"。她为了孩子做这件事,承担起这个痛苦,和这个人打交道。时代如此,得保住孩子,保住自己,可是尤其要保住孩子。孩子抬起头来看她,她知道,自己没有干不正当的事情。

☆　　　☆　　　☆

孩子的健康状况渐渐好转,她克服了心理障碍,去为孩子改善营养。可是她难以和父亲谈话。父亲刚愎自用,顽固地只想着一个念头:胜利。他历来工作不停,现在工作做得更多。克拉丽莎心里充满感恩之忱,尤其为了孩子,感谢西尔伯斯泰因医生。医生的儿子在战场上受伤,可是他得救了。医生救了克拉丽莎的孩子,不然她将变得孤身一人。她几乎不敢想莱奥纳尔。失去亲人的消息不断传来,从战争爆发以来已经过去了整整三个年头。一个父亲不算数。布朗柯里克走了,现在美索波答米亚。他似乎在做买卖,因为经常有条子从胡伯那里传来。有一次克拉丽莎看见了胡伯,平素她总是避免和他相遇。有时克拉丽莎通过胡伯订点东西,有一次在电话里有个陌生的嗓音,"请说您的号码。"幸亏这个声音只在一个电话机里听见,尽管如此,克拉丽莎感到很不自在。后来又在报上读到:发现了囚犯与外界通信的方法。克拉丽莎不敢去看她的父亲——夜里,克拉丽莎从睡梦中惊醒:她父亲打电话给她:"你给检察官打了电话,有一个叫胡伯的……案件的审理过程已经开始,但是国家是首要的。""我的孩子才是首要的。""这是一个如此可恶的匪徒的孩子。""我不许别人辱骂我的孩子。"……孩子醒了,"你怎么了,妈咪?""没事。"

全国崩溃终于来临,这是奥地利的总崩溃。现在大家都在跑来跑去,大街上很不安宁,到处都在游行,没有电。克拉丽莎想到:"父亲!"她碰见了父亲。父亲已经变成了老头,克拉丽莎一时都认不出他来:他身穿便服。"这些无赖真是个耻辱,我始终保持对皇帝的忠诚。"这对克拉丽莎而言,已经无所谓。皇帝对她而言,又是什么!这一切她都荒疏了。她脑子里只想着一件事:她必须给莱奥纳尔写封信。给他写信?把一切都告诉他?什么都向他解释?她一而再、再而三地拖延写信的时间。三四年之久,她一直抑制自己不去想他,把这事一直往后推。现在必须把她下的这决心告诉他,但愿他能相信她的话。可是他能理解这件事吗?

白天她去上班。西尔伯斯泰因医生心情欢快,"我们能发生什么事?我们将活着,只有这才重要。我们每个人都有个儿子,我们有自己的孩子。政治发生什么事,跟我们有什么关系?皇帝和帝国是什么——我们必须历史地看待它们,就仿佛这是一千年前发生的事。我们是获救了,但这是别人的胜利。可是我们毕竟获救了,这孩子也获救了。'死人应该埋葬他们的死人',这话的确算数了。什么爱国主义,现在要么是欧洲统一——或者大家全都完蛋。要是办不到,那我们真的输掉了这场战争。"

一九一九年

接着是一九一八年的十一月和十二月,一九一九年的一月,克拉丽莎集中心思想写一封信,要写什么,都已收集齐全,至少已经打好腹稿。她问自己:"他忘记我了吗?他是不是又和他妻子共同生活在一起?他是不是已经阵亡?"克拉丽莎没有勇气自己回答这些问题,她写了一行字。感到十分孤独——她寄出一张明信片,可是没有得到回信:布朗柯里克已经消失得无影无踪,是在土耳其做过一些生意吧。他远行未归,克拉丽莎的确是孤身一人,感受到夜晚漫长逼人,只有孩子和她厮守在一起。现在孩子必然变成了她的一切,尽管她感到很痛苦。要是她能看到,当父亲的会如此亲热地拥抱这孩子,这将是多么欢欣的场景。冬夜酷寒奇冷,没有煤炭,街上没有灯光,她无法去看望她的父亲。她倒是有钱,但是买不到什么东西。孩子需要食物,克拉丽莎总要想尽办法去寻觅食物。最糟糕的是孑然一身。

有天晚上克拉丽莎坐在屋子里,她刚给她的孩子弄到一点牛奶。外面门铃响起,这响声总使克拉丽莎心里害怕,她总想着同一件事:"有封信,总该有信来了吧。"她一直想着莱奥纳尔,他是孩子的父亲,是朋友。她打开大门,有个男人站在门口,"哈啰,你好吗?"克拉丽莎吓了一跳,这人是布朗柯里克,身旁放着一只小箱子。"你惊讶不止吧,我自己也感到惊讶。我在斯密尔纳,他们不放我走。你总可以收留我几天吧?有吃的吗?"他弯了身子,"我简直饿死了,火车上什么吃的也没有。我身上最后一点钱也被他们拿走了,我没法去住宾馆。"克拉丽莎凝视着他。他看上去饿得要命,可同时却显得英俊帅气,皮肤晒成古铜色,人很消瘦。他一面叙诉,一面回忆,衣服沾满灰尘。"我不晓得怎样挤上了这趟列车,这可是个地狱。"他想洗个澡,"我想我身上一定长满了虱子,他们还吞噬了我最后一点钱。"克拉丽莎发现,他那漂亮柔软的头发全都剃掉了,推了一个光头。"一座土耳其监狱,我的亲爱的,这可不是闹着玩的。"可是他自己又哈哈大笑起来,他聊个没完,感到非常安全。

旁边屋里孩子在笑,"哈啰,"布朗柯里克直跳起来,"这是什么呀?对了,这小子我差点儿忘了。"他走进房间,克拉丽莎看见他和孩子一起在笑。她突然之间忘记了一切,"他是我丈夫,他姓我的姓。"

布朗柯里克洗了个澡,刮了脸:现在他看上去好多了,"这是我七个星期以来洗的第一个澡!在洗澡水里有几只小动物在游泳呢,大家就是这样才能消灭虱子!我真的觉得舒服极了。你别害怕,我不会麻烦你太久的。我得去处理一下商务——到晚上你就又摆脱我了。"他在沙发上躺下睡觉;这对克拉丽莎而言很是难办,可是她说:"我请你吃晚饭。"

第二天下午克拉丽莎去西尔伯斯泰因处上班。她不知怎地有点惊惶,可是也不知怎地心情欢畅。于是她就摆出一种亲切、轻松的模样,现在有人在她身边,有人保护着她,孤寂之感一去不返。不爽的感觉已被遗忘,一切都是那么轻柔,她想必不再感到生活艰难。在回家路上,她还进行了采购。

☆　　☆　　☆

晚上克拉丽莎回家,看见布朗柯里克和男孩一起坐在地板上,他哈哈大笑,说道:"我们两个一起玩了一会儿,一个可爱的孩子。我想,他很聪明。"

克拉丽莎脸红了,她很乐于听这样的话。

"你是不是发现一切都秩序井然了吧?"

布朗柯里克踱来踱去,"我的亲爱的,算你倒霉,现在我得有段时间要赖在你身上了。我原来希望,不要成为你的负担。可是现在我得有些日子要让你破费了,你非得出手帮我不可。这不是我的过错,这是你的错。"

克拉丽莎听了不由自主地想要抗议,可是布朗柯里克接着往下说:"是的,这是你的错。你扭扭捏捏,过于矜持。我们本来用不着这么待着。啊,这个无赖,这个该死的骗子!我从来就信不过他!我们商量好了,我不是拜托过你把钱寄给胡伯。你矜持异常。我提供货物给他足足三年之久,我有十八万克朗存在他那儿。这家伙虚伪透顶,唉,这个无赖——你知道他说什么:他表示遗憾,为了我的缘故他坐了九个星期大牢——为了我的缘故。这个无赖,我把脚底都跑穿了,却把他养肥了。要是我至少还有那几千个克朗就好了,可我一个克朗也没有了!不,啊,他一个克朗也没给我——我尽管去告他好了,他明明知道,我没法告他!他说:'我们两清了——我把你的钱坐牢坐掉了,像个罪犯一样。我可以请您夫人作证.'……啊,瞧他多放肆,瞧他说些什么,他说他什么也没得到,他得到了你的钱,而且是你所有的钱,我们的确应该得到更多的效劳。"

"你打算干什么?"

"我什么也干不了,我不得不忍痛咬紧牙关。我甚至都不能朝他的狗嘴给上一拳。我把这混蛋放出笼子,在他面前狠狠地吐了一口,他只是冲着我笑,'我的仆人会把这唾沫擦掉的。'他有一个仆人、一幢别墅以及他在城外还拥有的一切。这一切都是从一个秘密信使那里听到的。胡伯这混蛋偷了我的财产,我原来以为我来到这里,可以开创一番事业,可我现在成了一个乞丐,另外我还成了你的累赘。我们的财产给掠夺了,啊……"

他又成了一个病人。他感到绝望,又露出一个孩子的神气。他感动了克拉丽莎,他又开始哆嗦,又出现想要哭泣的痉挛。克拉丽莎说道:"这有什么关系,我还有点钱呢。你在这里可以睡在沙发上,总有饭给你吃。日子过得下去的,你必须重新开始,这几天马上就开始。"

布朗柯里克凝视着克拉丽莎,"胡伯这混蛋,是干出了那些龌龊的事情,可他还把我给告发了。我就只好拔脚逃跑。我竟然不得不跟这样一些无赖一起厮混。他们把其他所有跟他们一起干的人都偷了个遍,他们自己只冒着一半的风险。这家伙装得像蜜一样甜,要是你跟我在一起,这一切都不会发生。你可不能把我单独留下,要不然我会把我自己撕成碎片,因为我感到百无聊赖。起先一切也都发展得很好,我这时有兴趣走走私——我想,我喜欢我的恐惧。我喜欢这样赌上一把。跟你在一起，一切都会发展得更好。可是我不走运，你不喜欢我，这已经是够倒霉的了。什么地方我不喜欢，我在那儿就走运。我站在门前，我只想在这里安安静静地生活，和你，和这个孩子一起生活。"

布朗柯里克又凝视着她，他变得和蔼可亲。

克拉丽莎说道："别说这个。你也知道，只要我有可能，我就帮助你。总会找到的办法。"

☆　　　☆　　　☆

克拉丽莎的丈夫已经在她那里待了一个星期。她周围的人都很惊讶，包括那个房屋女主管。布朗柯里克一副轻松自在的样子，白天他出去乱转，找工作，"什么也没找到，大家都不再认识我了。"可是他情绪依然开朗，他和孩子玩。女主管感到奇怪，他身上有种东西叫人看了很不舒服，一种阿谀奉承的样子，克拉丽莎很不喜欢。可是他把克拉丽莎哄住了，然而克拉丽莎依然脸色苍白，暗暗生气。布朗柯里克只要和孩子一起坐在地板上，他就完全忘记了自己的处境，克拉丽莎看了禁不住有些妒忌。布朗柯里克会诉说什么，克拉丽莎心里却是冷冰冰的，不可亲近。她对自己说：小心点。她得仔细瞧瞧，他到底怎么样。布朗柯里克不得不向克拉丽莎要钱买香烟抽，那模样真是动人。他是个轻松贪玩的人，没有什么东西，会往他心里去。什么事情都会使他震撼，可是一转眼他就忘了这些事。克拉丽莎回忆起在野战医院里，人们说的关于他的笑话。克拉丽莎对他感到同情，天气很冷，布朗柯里克就穿着一件薄薄的外套和一双旧皮鞋一早出门；克拉丽莎不知道他到哪儿去,只有到了晚上,从他疲惫不堪的面容,克拉丽莎才看出,他又白忙了一天。可是隔不多久,他就和孩子玩了起来,他就讲起在土耳其的事,说着就撒谎,他自己几乎还不知道。他这人是既诚实又虚伪的混合体,还善于算计。他知道,他用这种方法就会产生作用。克拉丽莎生气的是,她对他总有同情之心,她认为他并不坏。有个会计的位子,他不愿接受。这是在弗洛里特村,那是在郊外很远的地方。他似乎有几个熟人,可是都不可靠,和他自己一样。每天早上他都非常乐观地讲点什么,这是说给克拉丽莎听的还是说给他自己听的?

于是就到了第八天晚上,已经很晚了,克拉丽莎已经上了床。布朗柯里克认识约瑟夫城剧院的一个演员,他希望通过此人当上售票处的职员,已经十点、十一点,克拉丽莎无意识地在等他,孩子在睡着之前问道:"爸爸在哪儿呢?"克拉丽莎心想:"孩子已经对他习惯了,要是我走掉了,孩子大概都不会觉察到,不会像他现在问起爸爸似的。"在十一点到十二点之间,克拉丽莎听见布朗柯里克回来了。他没有躺下睡觉,在屋里走来走去。克拉丽莎仔细听着他的脚步声,仿佛听见他在轻声啜泣。克拉丽莎不得不到他房里去,她穿上衣服。"我撑不住了,没人要我。我提出一笔保证金,可就是这样他们也不要我。我只不过是一个伤残士兵,我到办公厅去找共产党人,他们说我在这里没有维也纳户籍。我撑不住了,我成了你的负担,靠你养活,谁也不要我。""不。"克拉丽莎说道。她感觉到,他这是真实的感情流露,这是真正的绝望情绪。克拉丽莎安慰他:"你怎么了?"他哭了起来,又成了那个软弱的人,彻底垮了。克拉丽莎转身冲着他说:

"会好起来的。""要是你是我老婆,是会好起来的,可是这样……我知道你看不起我,我感觉到了。你把我当作一个骗子,一个饭桶。这不是我的过错,我像一个骗子一样地干活,这并不容易。现在一切全都晚了,我不想再干了。""你就对我放心吧。我不在乎,我很乐意你待在这里,你的确没有打扰我。""真的吗?"布朗柯里克抓住了克拉丽莎的两只手,克拉丽莎心里发怵;因为夜已深,她在这里,"放开我。"她身上只穿着睡衣,上面罩了一件睡袍。布朗柯里克抱住她,"别推开我!""放开!"克拉丽莎更加恼怒地说道,"你惊扰到睡着的孩子了,他随时都有可能闯进屋来。"克拉丽莎只好屈从。布朗柯里克便得到了她。

☆　　☆　　☆

克拉丽莎逃到她儿子的房间里去,把门闩插好。孩子静静地躺着,已经睡着了。一桩罪行已经发生。克拉丽莎羞于面对自己,因为她爱的毕竟是莱奥纳尔啊,可是莱奥纳尔为什么要把她忘记?为什么要把她摒弃?她违背自己的心意,属于了另一个人。不能为此抱怨,她真的和别人结合起来,他们的结合是和一个秘密拴在一起。现在一切都已结束了,克拉丽莎属于了一个人,她原本并不属于他。她现在不得不一辈子背着一个谎言继续往前走,往前走。

一九一九年至一九二一年

　　足足三年，沉闷而又沉重地度过。克拉丽莎没有回忆，她以为他死了。莱奥纳尔已经死了。因为他没有给克拉丽莎写信。克拉丽莎唯一的人生经历，乃是眼看着这孩子一天天长大。家里只有些许变化，布朗柯里克奇怪地找到了一个职位，他们住进了另外一个住宅。自从布朗柯里克感觉到，克拉丽莎对于他那天晚上的行为始终怀着极大的反感，他和克拉丽莎便过着一种奇特的婚姻生活。当她知道，他们之间的关系已经到头，布朗柯里克暗示，他和他老板的妻子相处得很好，克拉丽莎还真对此心存感激。"这很清楚，你有个老婆，可是她不爱你。"但是他们还维持着他们的婚姻，他们不想惹麻烦。克拉丽莎不理他，她害怕他。

　　有一段时间，克拉丽莎想逃出这桩婚姻，她想到离婚。她问西尔伯斯泰因医生，医生变得非常尖刻，他笑道："干吗离婚？都是自由自在的男女。"克拉丽莎最后看到了一桩对于孩子奇怪的事。孩子已经八岁，他崇拜布朗柯里克，孩子一点儿抵抗力也没有，而布朗柯里克却是个贪玩的人。克拉丽莎对莱奥纳尔越来越生气，她真想知道，莱奥纳尔是否活着。

从那时起,克拉丽莎就没有再看见过她父亲。现在,在弗朗茨·约瑟夫皇帝去世的日子举行的追思弥撒上,克拉丽莎才又看见父亲。父亲已经变成一个老人,冷酷无情,脾气暴躁:战争把他化成一块石头。"这一切都和我无关。我不愿意,绝不和我们的敌人交往。你那个混账丈夫我也不要,而你和一个法国人搞在一起,来了三封给你的信。你是个女间谍。"老头气疯了。克拉丽莎急忙和他一起回家,惊讶得不得了。"拿去,拿去,你们都是批无赖。我去叫警察来,你们背叛了一切。"老人把一包信扔给克拉丽莎。

☆ ☆ ☆

一共是五封莱奥纳尔的信。停战一宣布,他就写信,接着又写,又写。克拉丽莎却以为,莱奥纳尔把她给忘了。自从她和她丈夫上床之后,她自己就没脸给莱奥纳尔写信。现在再写,已经太迟了。她只好继续和这谎言一同生活下去。她不得让她孩子以为自己是另外一个人的儿子。

一九二一年至一九三〇年

对于克拉丽莎而言,这几年是死去的岁月。她只有那个孩子。